AIMÉ CÉSAIRE
神奇的武器
Les armes miraculeuses

〔法〕埃梅·塞泽尔 著
施雪莹 译

人民文学出版社

著作权合同登记：图字 01-2024-2440

Aimé Césaire
Les armes miraculeuses
©Éditions Gallimard, Paris, 1970
All rights reserved.

图书在版编目（CIP）数据

神奇的武器 /（法）埃梅·塞泽尔著；施雪莹译. 北京：人民文学出版社, 2024. --（巴别塔诗典）.
ISBN 978-7-02-018811-6

Ⅰ. I565.25

中国国家版本馆 CIP 数据核字第 2024WR8644 号

责任编辑　朱卫净　何炜宏
装帧设计　李苗苗

出版发行　人民文学出版社
社　　址　北京市朝内大街 166 号
邮政编码　100705

印　　制　凸版艺彩（东莞）印刷有限公司
经　　销　全国新华书店等

字　　数　80 千字
开　　本　889 毫米 ×1194 毫米　1/32
印　　张　7.125
插　　页　5
版　　次　2024 年 8 月北京第 1 版
印　　次　2024 年 8 月第 1 次印刷
书　　号　978-7-02-018811-6
定　　价　75.00 元

如有印装质量问题，请与本社图书销售中心调换。电话：01065233595

目录

神奇的武器 _1

枪决通告 _3

纯血者 _5

绝勿同情 _22

太阳长蛇 _24

句子 _25

致拂晓的诗 _26

往见 _28

神话 _30

海难 _31

幸存 _32

彼岸 _34

神奇的武器 _35

预言 _39

夜之达姆达姆鼓 _41

怀乡 _42

自动水晶 _43

黎明之征 _44

残骸　_47

授职仪式　_49

原始森林　_51

天使报喜　_54

达姆达姆鼓（一）　_56

达姆达姆鼓（二）　_57

伟大的正午　_58

巴图克　_71

海与洪水之牢　_81

女人与刀　_84

而狗沉默（悲剧）　_87

后记：神话　_205

死囚之歌（译后记）　_207

神奇的武器

枪决通告

我在世界之岸等待永-不-前-来-的-旅-人

请给我些许

孩时的奶雨的面包

午夜与猴面包树的面粉

我星丛里被刺伤却从海沫采下的双手

提前解开

锁的束衣

与洞蛇身上闪电的几何

为了我时钟腿脚落后的梦

为了我沉入海底货物的恨

为了我塔斯马尼亚的六棵巨树

为了我巴布亚的人头城堡

为了我的极光我的姐妹我的挚友

为了我的女友我的妻子我的海狗

啊，你们，所有我绝妙的友谊，我的友人，我的爱人

我的死亡，我的风浪暂歇，我的霍乱病

我的猎狗

我被诅咒的太阳穴

而埋藏在我无瑕深渊里的镭矿

终会爆炸

碎成种子落入鸟的食槽

（而这一立方的星

便是柴火的俗名

堆在黑夜血管高歌的冲击层上）

在最后一小时的第六十一分钟

无形芭蕾舞鞋会瞄准心脏执行枪决

第一次用地狱与花的通红炮弹射击

向右没有血肉没有眼睛没有怀疑没有湖泊的时日

向左生活本身和雪崩的指示灯

黑呕病亮着白牙的黑旗

将为博爱的燎原野火

无限期升起

纯血者

听啊在我耳中刮擦
与炮火声交织粗糙丑陋
一百匹嘶鸣的纯种马在阳光凝滞里
击打重音。

啊！我闻到欢欣的地狱
还有模仿松散发辫的腐臭
雾气中——没胡子老人浓密的
呼吸——猛烈千倍
尖叫的疯癫与死亡吐出热气。
可如何，如何能不赞美，
以我的逻辑未曾设想的方式，
那坚硬的，它反向撕裂它们发臭的杂物堆
与积食，还有那哀伤的
更甚于结出果的花朵，
种种错乱清醒的裂痕。

我听见水波涌起,
全新、完好、永恒,
涌向焕然一新的空气。

我提到空气?
一条镉白的水流,带着,巨型疹泡
刷上铅白,风暴的
白色灯芯

本质的风景。

便在光里雕刻,闪电的仙人掌
不断生长的黎明,前所未有的新白,
根深蒂固撑起天光的石笋

哦,灼热乳液玻璃草地
如雪的落穗

向着温顺橙花的河流有不腐
篱墙催熟它们远方云母
绵长的炽热。

礁石的眼皮合起——前奏——
丝兰叮咚清晰可闻
在一株彩虹薰衣草里温热的
灰林鸮啄食金与褐。

是谁
窃取
又掠夺
第三日烦乱的心外
阵阵喧嚣？

是谁迷失破碎又溺死在
西罗亚池① 染红的波涛？

疾风。
诸光暗淡。千声分根
根茎
生烟
沉寂。

---

① 西罗亚池（Siloé），在今耶路撒冷城南。公元前 701 年，犹大国希西家王（Ézéchias）为保证耶路撒冷战时供水而修建。《圣经·新约》中提及耶稣治愈盲眼者时，即带到西罗亚池清洗。

苍天打着漆黑空缺的呵欠

而此刻走过
无名的流浪
走向落日一座座安宁的墓园
恒星、雨、星系
熔成博爱的岩浆
而大地,风暴被遗忘的停尸房,
在左右摇动中为伤口镶边
迷茫的,耐心的,挺立着
它野蛮地硬起不可见的贝壳灰岩,
熄灭

而大海为陆地做一串寂静的项链,
大海吮吸着献祭的和平
我们嘶哑的喘息交织其中,它一动不动带着深渊
奇异的珍珠与
无声的熟果,

大地在沉默中向大海
膨起沉默

而现在只有孤单的大地，

再无震动再无颤动

没有树根的鞭打

也没有昆虫的钻营

空无

空无如同天亮前的天光……

——垂怜！垂怜！

是谁在喊垂怜？

流产的拳头，沉默堆积，禁食

呜哈为抒情的启程欢呼

滚烫的形变

雷霆的宽恕

火，哦火

绝对之雪的闪电

化学草原的骑兵

朱鹮潮涌的大海中浮现

坍塌的信号塔

正用椰树的扁桃体鸣响

而两万头巨鲸

从流动的扇孔喷出空气
一头成熟的海牛咀嚼着东方的红碳

大地不复与麦苗嬉戏
大地不复同太阳做爱
大地不复在手心的凹槽里温热水域

大地不再用一撮撮星辰摩擦自己的脸颊。
虚无眼底流脓的夜里
收了风帆的大地渐渐偏航
永远迷失

灰暗渗出我的眼，沉重
我的脚踝，可怖地沿着我的手臂闲逛
我 [①] 向我
浓烟 [②]
浓烟
大地的烟尘

---

① 我（Moi），原文首字母大写。
② 浓烟（Fumée），原文首字母大写。

您可听见香根草间汗水的尖叫。

　　我不曾扼杀我的天使分毫。没错。

虚假破产这一刻，玄秘的孩子

与大地之梦滋养我们的单簧管鸟儿，

大象脆弱的前额上卷曲的萤火虫

而达荷美国王的亚马逊女战士用铲子修复

摩天楼坍塌的风景，玻璃灰暗，私人车道，落雨神衹，凌乱玫瑰的交叉路与继承人

　　——刺目阳光的手牛奶的夜。

可上帝呢？我怎能忘了上帝？

我的意思是**自由**①

哦，暴烈的钦博拉索

揪起头发抓住太阳的脑袋

三十六支长笛也无法让猴面包树的手麻木分毫

我愿在深渊上架起长发桥梁之手

雨的臂膀与夜的木屑之手

攀上无路深渊双眼如沫的山羊之手

新鲜的血与缓慢蚁穴火山深处风帆之手

---

① 自由（la Liberté），原文首字母大写。

可我是人！非他唯人哉！
啊！再不用眼睛去看。
再不做一只聆听的耳！
再不做一辆清除布景的推车！
再不做一部清空感官的
机器！

我要那唯一，纯粹的宝藏，
为我生出其余无穷的宝藏。

人！
可这开端让我逊于人！
何其愚钝！我的脑袋笨拙地
摇晃。
我遭啃噬的脑袋被我的身体吞下。
我的眼睛直直落入
这不再被看而观望四周的物体中。

人！
且看由我尘世记忆主持
这场紫罗兰色的消音仪式，

我单质的渴望不断敲打
我梦见木槿花昏沉的喙
还有紫罗兰的空白判决
随着吞噬太阳的蜥蜴
渐渐发沉
时间像悔恨般拍打一轮生满肉瘤太阳的雪
抬起爪子打破了
世界……

好了。完成。如同袭来
突然的死亡。它不收割。
它不爆发。它静静拍击着
血的表面，心的表面，
仿佛感觉复苏，
仿佛血液回流。
扑通

直至骨髓

也好
我要一轮更明亮的太阳
和更纯洁的星

我抖擞身子随图像变化
如浅海的记忆如悬而未决的
可能，如趋向-幼虫，
如晦暗的将来；

种种旧习在水的花瓶里生出
拖沓的海藻——歪斜不良，
花朵炸裂。
扑通

我们深入，我们深入好像走在
一段乐曲中。

放射虫。

我们通过你们的献祭漂流

借一阵波涛摇摆，我跃起
承袭先祖跃向我植物的支脉。
我漫游在硕果累累的
纷乱岔路
我游向舰船

我潜入水闸。

哪儿,哪儿,哪儿有绝望粪臭的
鬣狗嗡鸣?

不。话语始终在此滔滔不绝
倾泻而下。

沉默
染血坡道那边的
沉默

经过灰暗与这前所未有的煅烧。

终于,这风,
这棱角分明的风,幸福,
沉默

我的大脑死于一阵灵光
带着金褐色雾气蒸腾的鹭鸟

一圈温热的环流

在棕榈条纹的讪笑声中
熔铸
一阵毛绒的瘙痒游动游动游动
细枝森林湖泊
空盈的一头牝鹿

哦,大火的空洞**折磨**①

哪儿,哪儿,哪儿
有绝望粪臭的鬣狗嗡鸣?

翻倒在我的疲劳之上,
透过薄纱,阵阵温热的吐息
散射我流动的不存在
一种滋味在我唇上死去
一道箭矢飞出我也不知。

战栗。全部生活的真实反复噼啪作响。

爆炸声长出手拥抱在

---

① 折磨(Tortures),原文首字母大写。

我的上方。
我期待。我不再期待。
癫狂。

日的虚无
夜的虚无
一股温柔的诱惑
直至事物的肉体本身
飞溅开来。

黑夜的日
白日的夜
从**完满**① 中
渗出

啊

最后的最后的太阳落下。

---

① 完满（Plénitude），原文首字母大写。

若非存于**我**① 身它又该藏在何处?

万物逐一死去,
我张大,我张大了——一如世界——
而我的思想比海洋更广阔!
最后的太阳。
我爆炸了。我是火,我是海。
世界分崩离析。而我便是世界

终结,我们说着终结。

蠢话连篇一种和平借隐秘的力量
不断增殖。遮蔽的鱼鳃
棕榈箫管长羽。从我身上长出
全身上下无形而瞬发的,
被悄然渴求的,感官,

于是我们身陷神圣的
原初回旋的流光
在一切复始之时。

---

① 我(Moi),原文首字母大写。

庄严将等待裁成非凡的仙人掌
手握完整的可能。
分毫不差。

而我在生长，我，这肥臀而坐的
人①
眼里闪烁着沼泽，耻辱，
接受的光
——他四肢的凹陷处
没有一褶空气不在涌动——
坐在百年丛生的荆棘之上

我生长，像一棵植物
不悔恨也不歪曲
长向白日终结的时刻
纯洁而决绝像一棵植物
不背负十字架的苦难
长向黑夜终结的时刻

终焉！

———————

① 人（Homme），原文首字母大写。

我的脚走过条虫寄生的道路

植物

我木质的四肢引流奇特的汁液

植物，植物

于是我说

于是我的话便是和平

于是我说于是我的话便是土地

于是我说

于是

欢乐①

在全新的太阳中迸发

于是我说：

在博识的原野上时间掠过

枝杈啄食燃着绿色光芒的和平

而大地在如纱的薄雾下呼吸

而大地伸展。喀啦作响

它黏连的肩膀。它的血管里

有火焰噼啪。

它的沉眠像八月的番石榴树般蜕皮

---

① 欢乐（Joie），原文首字母大写。

在渴望光明的处女岛群上
而大地跪在它活水的
长发里
在它眼底等待着
繁星。

"睡吧,我的野兽",我想着

耳朵贴紧地面,我听见
明日① 来临

---

① 明日(Demain),原文首字母大写。

绝勿同情

蒸腾吧沼泽

来历不明的岩画
向我转动它们笑声
沉默的黄昏

蒸腾,哦,沼泽,海胆之心
为神奇手掌安抚的死星喷涌
自我双眼的果瓤
蒸腾吧蒸腾
我声音脆弱的黑暗破裂现出
光华灼灼的城邦
而我的手不可抗的纯洁呼唤着
远方极远方世袭的遗产
酸液的激情所向披靡

穿过生活的血肉——沼泽——

像一条蝰蛇诞生于眩目光芒金黄的力量

太阳长蛇

太阳长蛇眼迷了我的眼
而生满小岛的海破裂在玫瑰指间
火焰喷射器与我被击中安然无恙的躯体
海水托起遗失在无泵走廊里光的骨架
浮冰的漩涡将光辉赋予乌鸦蒸腾的心
我们的心
这是被驯服的闪电绕着它们裂痕的铰链转动的声音
安乐蜥被传送到破碎玻璃的风景这是接替兰花的吸血之花
中心之火的灵药
正直火焰芒果树火焰于覆满蜜蜂的夜我的欲望一场硫磺中惊现老虎的偶然可还有化锡的苏醒为童年的矿藏染上金色
而我的卵石身躯吃掉鱼群吃掉
鸽子与睡眠
词语巴西的蜜糖深在泥沼之底。

句　子

又有何不可间歇泉的篱笆时刻的方尖碑游云的光滑尖叫间隔无赖鸟儿白绿粪便的大海还有在房子屋脊与间脊上滚着弹珠的希望还有香蕉树新枝金头鲷的裂痕

在太阳的高枝间在晨日受挫的心上在天空尖酸的画布上有白石灰鹰隼雨和金合欢的一天在原初群岛的罗盘地图上摇动它们申诉的海盐长发用手指用桅杆在每只手掌为每种意向顶着扇动偶然的睫毛混着阴影高唱的快乐一个身披丰富而平静织布的杀手就像一支酸涩葡萄酒之歌

致拂晓的诗

鲜活血肉的烈焰

在大脑皮层铺展的夏日里

鞭打大地的轮廓

喙嘴翼龙①用它们讽刺的尾巴

乘着风

风再无利剑

风不过是一根长竿用来收割天空全部季节的果实

张开的手

绿色的手

为了酸酐的美好庆典

会有片片可爱的黄昏落在呼吸着的记忆被砍下的断手上

且看此刻

---

① 喙嘴翼龙（ramphorinque），拉丁名作 Rhamphorhynchus，直译为"鸟喙口吻"，系生长于侏罗纪中晚期的长尾翼龙，口鼻如喙有尖牙，尾部有一片扁阔的皮膜，又称舵尾喙嘴龙。

我们绝望的奥里诺科河① 双唇的裂纹上
为大海源头青春胸脯抚慰的小岛那幸福的柔情
而空气中充斥着还有肌肉力量的面包不竭生长
不可抗拒的拂晓在叶下绽放
如此明亮—如美人草② 刺人的激荡

---

① 奥里诺科河（Orénoque），南美洲重要河流，发源于委内瑞拉靠近巴西边境的帕里马（Parima）山脉，流经委内瑞拉与哥伦比亚，最终注入大西洋。
② 美人草（Belladones），即颠茄草（Atropa belladonna），名字直译作"美夫人"。

往　见 ①

哦，报信的波涛无数无尘所有葡萄酒红话语的
波涛还有我道道河湾与往昔日子发咸的胸膛还有新鲜的
温柔色彩在天空与不知哪些钻石
颤动心神的女人的胸脯上

喷射的力量啊划出你们的轨道
心电交流啊穿过防火材料去拿回
漂流世界四方爱的讯息被再度唤起送还我们
通过恒星环流的信鸽

至于我我无所畏惧我来自亚当之前的种族我不出于同一头狮子

---

① 往见（Visitation），《圣经》典故，指"圣母往见"，又作圣母访亲，即圣母马利亚身怀圣子去拜访表姐伊丽莎白的故事。

不出于同一棵树我是另一种热和另一份凉
哦,我的童年萤火虫的奶与爬虫的战栗

可前夜已然急不可耐奔向星辰和暗道而我们出逃
在弓起背脊的海上不可思议地种满遇难的船尾
逃往一条海岸那儿等待着我农耕与深入森林的族群手上拿着
铁打的枝杈——堤坝上的睡眠同志——变形的蓝狗
冰山白熊与**你的**[1] 极野蛮的热带
消失仿佛正午时分夜狼现身

---

[1] 你的(Ta),首字母大写。

神　话

　　一下下你野兽的臂膀挥动剑麻宝剑

　　一下下野兽的挥击你自由的臂膀依你的巴泰凯①心意将爱塑形

　　挥动你藏匿与天赋的臂膀以明见敲击浸满飞鸟的盲目空间

　　我宣告在你胸膛幼小的浪花木头洼处有巨大木棉②的新芽

　　萌发于你的性器那里自由脆弱的果实低垂

---

① 巴泰凯（Batéké），地名，指非洲赤道附近加蓬与刚果交界处的巴泰凯高原。
② 木棉（mapou），小安的列斯群岛地区法语中指美洲木棉、爪哇木棉、吉贝木棉。

海 难

我们会用装甲的头颅拍打新鲜空气
我们会用张大的手掌拍打太阳
我们会用声音的赤脚拍打土地
雄花会在镜子的裂湾中睡去
甚至三叶虫的甲壳
也会在日日微明的日光里下沉
落在涨满奶矿温柔的咽喉上
我们何不穿过那道门廊
海难的门廊?
一条黄色脉络的蓬勃之路
温和之路
其中跃起一头头不屈愤怒的水牛
奔跑
吞下熟透了的风暴的缰绳
奔向丰富黄昏叮咚作响的美人蕉

幸　存

我召唤你

扰乱我赤裸的心的哀婉香蕉树

你在白日里唱着赞美诗

我召唤你

夜里无声山脉的老乌刚 ①

就在最后一晚的前夜

而他烦闷的鼓声敲打着被掩埋的城市发狂的暗门

但这不过是世界血淋淋的脖颈上森林行进的序章

这是我独一无二的恨

在真正火焰的吐息中掉转冰川

请给我

啊请给我琥珀不朽的眼睛

还有阴影还有方正的花岗岩墓碑

因为潮湿平面的理想围栏与水草

---

① 乌刚（hougan），伏都教祭司，又称曼波（Mambo）。

会在绿色地带倾听
连结又分解的遗忘传译员
而山的根脉
托起希望的杏树的王族
会在血肉小径上绽放鲜花
（活着的苦难如一场风暴掠过）
同时在天空的旗帜下
会有黄金之火微笑
应和着我身体的烈焰炽热的歌

彼 岸

从粗暴堆积的可怖梦境之底
全新的黎明
升起
转动它们自由的幼狮脑袋
虚无否认我在更清澈的光芒中
以我溺水的双眼所见之物
可——无声驱动的警笛高鸣——
错过的时日饥肠辘辘激怒了鲜血凶残的雄鹰
过短的臂膀借火焰伸长
无数欲望在怯懦的心的黑暗中
化作剧烈的沼气爆炸
梦想的重量在海盗劫掠的风中摇晃
——枝头鸟儿眼里甜苹果的奇迹——
而那些和解了的匪帮分享某个
刺杀白昼的女人手中的宝藏

神奇的武器

迎面劈下红色欢愉的大砍刀额头正中有血还有这名曰火树的凤凰木没什么比它更名副其实除了飓风和洗劫一空城市前夜全新的血红色的理性所有语言里所有意味着独自死于饥渴的词当死亡沾上面包的味道而大地与海洋有祖先的气味还有这只高叫着让我不要投降的鸟以及我舌头每一次转动间呼号的忍耐。

最美的弧线一道飞溅的血
最美的弧线一道青紫眼圈
最美的弧线其名是夜
而你交叠的双臂无政府的美
而你性器灼灼燃烧圣体的美以它之名我向我猛烈的唇的堤坝致敬

也有分秒之美分秒是残酷集市上贱卖的珠宝分秒的太阳和它们因饥饿探出森林的漂亮狼嘴分秒的红十

字分秒是游动的海鳝游向鱼塘和四季还有海的无垠碎波大海是一只疯鸟被钉上行车入口门扉的火也有直至恐惧一如七月报道中删去了星辰海面上方希望与绝望的蟾蜍在海面上日子借硼砂融化让人明白何来怀胎的夜灯那些不应随意观看的草的私通那些为占星家之镜映射的水的交尾那些将从欢愉的洞穴里捕捉的海兽那些词的突击所有硝烟弥漫的炮门都在庆贺男性继承人与恒星草原同时降生于沉默沉船的龙舌兰火山集市之坡无声的巨大公园里无声的游戏面对战斗的肉身不可饶恕的困顿正依着将要毁去的萌芽恒须革新的计量推行它志留纪的扩张。

  蜈蚣蜈蚣
  直至沙丘的眼皮覆盖上帝降怒的禁忌之城
  蜈蚣蜈蚣
  直至溃败轰然而沉重将低矮的城市扔向最暴烈的马首彼时黄沙之中这些城市正以
  洪水的无名之力升起铁栏
  蜈蚣蜈蚣
  顶峰顶峰波线翻涌翻涌作弯刀作小湾作村庄
  在它桩基的腿与静水的隐静脉上沉睡
  片刻之后会有被抵近嗅探的井仓溃逃

会有水井偶然的面孔出现那是骑着马的佣兵队长身披自流水洼与放浪之路的小勺做的盔甲

风的面孔

同父同母的面孔与亡魂手指曲拢在硬币与化学目录中

肉体会一页页回翻它巨大的香蕉树叶破屋的风在星辰之外也会假装翻读星象示意夜的伤口正退回童年的荒漠

片刻之后会有鲜血倾洒其中萤火虫为庆贺路神节① 拉下电灯短绳

还有痉挛的字母表种种任性之举造出疯癫与共谋的巨大树冠

会有沉默的游船漠不关心日夜往来于

游牧的博学太阳穴四周灾难的白内障

而大海会收起它鹰隼的微小眼皮而你会奋力抓住这一刻大领主会以欲望的纯金速度沿一条条神经元道路穿过他的采地且看仔细那只小鸟若没有吞下圣带堆满历史的殿堂里目瞪口呆的国王会膜拜他极纯净的手

---

① 路神节（les compitales），又译大路节，古罗马宗教中用来祭祀家庭守护神拉尔（Lares Compitales，又译拉列斯）的节日，拉尔是古罗马守护神祇之一，一般认为是路口之神，常在交叉路口被供奉。Compitales 一词源于拉丁语 compitum，意味交叉路口。

灾难角落他伸出的双手那时大海将局促地后退切莫停止歌唱以免挫灭士气它是缺水短眠的围城里临时流通的货币那时大海会徐徐吐露实情而鸟儿会在盐的起落中徐徐唱起刚果摇篮曲雇佣军团曾让我将它忘却但颅骨盒子极良善的海在仪式书页间将它保存

  蜈蚣蜈蚣

  直到信马游荡在深渊的海滨草场耳中听得史前悠久的人声嗡鸣

  蜈蚣蜈蚣

  只要我们还未到达那不含方言的石头不带高塔的叶子不见股骨的柔水那源泉之夜浆液浓稠的腹膜

预　言

那里探险的双眼始终清澈

那里女人闪耀璀璨的语言

那里死亡很美在手心里仿佛一只奶水季节的鸟

那里地道从自己的屈膝里采集一把比毛虫更丰盛的黑刺李

那里灵巧的奇迹不择树木造成箭矢与篝火 ①

那里生机勃勃的夜流淌着纯植物的速度

那里星的群蜂蜇咬比夜更炽热的蜂巢天空

那里我脚跟的响声充斥空间又反向抬起时间的脸

那里我话语的彩虹奉命连起明天与希望王子与王后

---

① "不择树木造成箭矢与篝火",原文 faire flèche et feu de tout bois,化用了两个法语俗语 faire flèche / feu de tout bois,字面意思为用任何(可得到)的木材制作弓箭 / 生火,引申义均指千方百计做某事。

已然咒骂过我的主人撕咬过苏丹士兵
已然在沙漠里哀鸣
已然朝着我的看守喊叫
已然乞求过豺狼鬣狗商队的放牧人

我看着
浓烟骤起化作野马冲向台前用它脆弱的孔雀尾羽
在熔岩边缘逡巡片刻随即撕裂衣衫一瞬敞开胸膛而我
看着它化成不列颠群岛化作小岛化作碎石一点点融化
在空气清明的海中
其中沉浸着预示未来的
我的嘴脸
   我的反抗
      我的名。

夜之达姆达姆鼓

是多泪的一行獾狐狓手指丰腴的河流
探入石间长发寻找一千面月亮旋镜
一千道钻石的咬痕一千条不知祈祷文的舌头
热浪隐匿的琴弓交错为石手牵引
轻刺着沉入海的仿像里梦的落影

怀 乡

哦,我们纯葡萄酒身躯的长矛啊
朝向从她自身那岸淌来水做的女人
流往长满软欧楂的密林
母淋巴液的绞缆筒
用甜杏仁用逝去的时间用风暴的叶柄
用巨型塌方用张开的火焰滋养着
怀乡种族厚重的缠绕

自动水晶

喂喂又一夜无须纠结是我穴居人这里有麻痹了生命也麻痹死亡的蝉还有潟湖的绿水哪怕溺毙其中我也无法拥有这颜色为了想到你我典当了全部词语一条拖网与浴女的河流沐浴在如你胸脯的面包与酒那般金色日子的水流中喂喂我愿去大地明亮的反面你的乳头有这土地的颜色与味道喂喂又一夜这里有雨和它掘墓人的手指雨丝冒失将脚伸进菜盘① 踏上屋顶雨丝用筷子吃掉了太阳喂喂水晶在生长这便是你……是你啊风中的缺席者蚯蚓浴女当曙光来临你便会现身你河流的眼睛落上群岛浮动的瓷釉而我脑海中也是你榕树下一浪飞鹰摄人心魄的龙舌兰

---

① 将脚伸进菜盘（mettre les pieds dans le plat），法语俗语，指很不谨慎地处理微妙的主题，或是将事情弄得一团糟。

黎明之征

我们死去死在呵护着千奇百怪沉船的巨型桉树林,
这国度正生长
令人窒息的毛毡苔
它在光影梦游的河口吃着草
沉醉了
极沉醉的花环公然夺走
我们发声的花瓣
在那蓝血的钟形雨中

我们死去
目光在虫蛀的房间里膨胀成迷狂的爱,
我们的口袋里没有堤坝话语,就像一座小岛在它弥漫的珊瑚虫爆炸中沉没——每一晚,

我们死去
身边的活体物质正无关痛痒地肿起因着

分出枝杈的预谋只是狂喜，只是悄然渗入我们呐喊
中心，只是披上童声的叶子，只是
爬上眼皮的海域循着沉默泪水的
神圣千足虫爬过的轨迹，

我们死去一场白色死亡开满清真寺它堂皇空心的胸腔里有珍珠蜘蛛垂涎它抽动的无核原生物热烈的忧伤

在**终结**① 不可言喻的转变中。

绝妙而无谓的死亡。

一道闸口为旅人蕉最隐秘的源泉滋养
像漫不经心的羚羊张开圆臀

绝妙而无谓的死亡

从殷勤绳索中逃脱的微笑

---

① 终结（la Fin），首字母大写。

贱卖它们童年的珍宝
在含羞草集市最热闹的时刻身穿天使罩衣
于我声音的卷首季
在我声音的缓坡上
声嘶力竭
以求安眠。

绝妙而无谓的死亡

啊！稚气的骄傲卸下冠羽
料想中的温柔
且看此处门扉光滑更胜淫行的膝盖——
这座露水城堡——门口有我的梦
梦中我爱
从无用心灵的干涸中

（若非从如低地的寂静般汹涌淌血的兰花三角里）
突现

　　自由号角的荣光里果皮猩红不绵软的心，从悬崖高声处窃取马队燎原又醉人的喧嚣。

残　骸

见鬼闻所未闻大海没有坑道没有监听站没有防爆甲没有夜的铁膝上残月刮伤的肠衣
若是煤矿的头足还愿牌我对它的胸膛竖起
我绿色安的列斯的口舌
日之伞房花序夜之伞房花序
向着雌雄同体的巨大**无有**① 流浪孕育它修道院长与背负十字架的灵魂
见鬼含羞草梦醒之间我站在血与残阳的田野轻拍它们莲叶桐的歌谣
而我的纯洁敬仰你的裂舌，**反抗**②
残骸里
这是戈耳戈与伊西丝淌着唾液的海洋还有我的眼睛与上了鞍的空气

---

① 无（Rien），原文首字母大写。
② 反抗（Révolte），原文首字母大写。

高潮子弹的黄金雨,你的眼睛

见鬼这是缺乏等位基因的大海张开扇面又让它的果核沙沙作响这是大海摊开它全部的染色体卡牌这是大海在致命土地与风的掌下印出一条牧群与舌的河流装满沉船的口袋有着源泉之口泉水清澈一如梦醒之间我遗失又捕回的你的思绪

这是大海我心爱的石竹与处女向着雌雄同体的**无有**泛起女人与毛茛的非凡树叶其中完美之鸟的精子逐渐成形

就像太阳亲爱的就像太阳干泥巢里溅满污点的蛙。

授职仪式

飞射出珊瑚礁芒齐涅拉树溪水卵石

弓弩气息亲密

依兰树① 之水尽数从大熊星座倾落我的眼

我被谋杀的圣皮埃尔② 中国墨水之眼

我就地处决背靠墙壁之眼

我奋起反抗圣恩敕令之眼

我抵御杀手的圣皮埃尔之眼在一片

耶利哥玫瑰③ 千次纯粹挑战的死灰下

---

① 依兰树（Kananga），据 Ulla Schild 援引塞泽尔本人解释，Kananga 又作 Cananga 或 Canang，指花香浓郁的依兰属植物，分布于东南亚热带地区，马提尼克岛亦有种植（Ulla Schild, «Descente dans les archives de Janhein Jahn», *Œuvres et critiques* n°19-2, *Aimé Césaire: du singulier à l'universel*, Gunter Narr 1994, p. 158.）。Kananga 也是金刚果民主共和国境内的一座城市名，译作卡南加。此处原文 Kananga 首字母大写。

② 圣皮埃尔（Saint-Pierre），指马提尼克岛圣皮埃尔市，20 世纪前是岛上主要经济文化中心。1902 年岛上培雷火山（Mont Pelée）爆发，圣皮埃尔几乎完全被摧毁，居民鲜有幸免。这次火山爆发是马提尼克岛近现代历史上的重大事件，也深刻影响了塞泽尔的创作。

③ 耶利哥玫瑰（rose de Jéricho），通常认为指含生草（Anastatica hierochuntica），分布于西亚、中东、北非沙漠的植物，可将茎秆内卷成球，一遇水又重新舒展，因这种特性被认为是复活的象征。

哦，我未受施洗不得批诏的双眼

我狂热蝎鱼与匕首不见罗克塞拉娜①的双眼

我绝不放开我燃烧的手中疯狂授职仪式的白鹮

---

① 罗克塞拉娜（roxelane），一指公元 16 世纪奥斯曼帝国苏丹苏莱曼一世的皇后，许蕾姆（Hürrem）苏丹。René Hénane 与 Dominique Rudelle 认为这里罗克塞拉娜也可能是指大仲马 1839 年发表的探险小说《庞菲勒船长》(*Le Capitane Pamphile*)中双桅商船的名字。作品中的庞菲勒船长唯利是图、胆大妄为，通过象牙走私、黑奴贸易等积累起巨大财富。参见 https://mondesfrancophones.com/mondes-caribeens/les-poemes-inedits-des-armes-miraculeuses-1/。

原始森林

非我同类那些认为一座城市不应高耸直逼灾难的人又是一圈腰和颈和楼层将会开启岬角的开关非我同类那些抵抗贫民窟扩张的人又是一块屎斑将会成为真实的泥沼。不错一座城邦的力量并不与它家庭主妇的脏乱程度反相关至于我我深知我的脑袋再不会滚动其中的竹篮。不错一道目光的力量并非与它的盲目成反比至于我我深知月亮不会在哪里放下它被遮盖了丑闻的漂亮脑袋。画作角落有劣等绝望和我三百年来被抚摸的灵长类嘴脸。中心是正值花期的电话总局和煤气工厂(来自煤矿与元帅的背叛)。西又西角百花新陈代谢与我三百年来残缺的灵长类嘴脸仙人掌烟雾饱腹风景的仙人掌绞杀榕现身沾上我自乌有以来卸去嘴套的斯芬克斯鼻吻中垂下的唾液。您去哪儿我栗棕的女人我复原的我逃亡的奴隶女人[①]死者为故土拆开他们

[①] 栗棕色(Marron)与逃亡奴隶(Cimarron),marron在法语中做名词通常指栗子,亦可作形容词指栗色的。但在美洲与安的列斯(转下页)

安眠的陷阱坑底宁静丛林的枕头；火山播发它们寡妇与实验室沉默的嘴巴，年岁漂亮的降落伞跳入空无又向短小的星期投掷它们的街头传单野麦传单有待迎娶又有待远离的女人传单因为总有空气与冰碛空气的狂蝇空气的雪崩还有慈父般的帝国正在正义的雅风中喀啦作响可晨光女人却在夜的噩梦里脚步磕绊随即摔倒在人行道旁这儿没有警察没有罪犯只有尚待确认的神明与天使博士迫使他几何步伐的脸庞穿过破坏的旷野您去哪儿我栗棕的女人我复原的我逃亡的奴隶女人最深沉石块的红心脏也会在精液与雷鸣的骑兵过境时停止跳动从右舷到左舷莫去辨认风语从左舷到右舷风之群岛与风下象征春天的癫狂时值正午我感谢你的幻影你是慈爱圣母①与她殖民征敛的清新小脸唯一最初的时刻为拜物大戟护卫的正午时分太阳刽子手集群推进与例行死亡还有我困兽的野兽嗥叫不劳解决也不劳崇拜格格不入的野兽的嗥叫日子在此补给二分点难懂的社会新闻用血腥选举与廉价朗姆酒自动书写藏酒的地

（接上页）群岛历史中，逃离殖民地的黑奴常被称为 nègre marron，这一词义源于西班牙语 cimarrón，指"生活在山顶"，是西班牙人到达美洲伊斯帕尼奥拉岛（Hispaniola）时，当地原住民阿拉瓦克人（Arawak）用来形容被驯化后回归自然的动物的词，西班牙人借用这一词汇，自17世纪起开始指代逃跑的奴隶。安的列斯群岛逃亡的奴隶经常躲在山上或森林中生活，逃避追捕。

① 慈爱圣母（Virgen de la Caridad），原文为西班牙语。

窖-城市中有硝石货仓否认自己的名在矛头蝮盘绳矮圣栎丛①片刻阴沉的路口高压电线森林长满雨刺的天空发情遭遇系统阻塞直至死亡相随正是如此直至无尽潮热死亡的绝妙闸门被我属于我的阿留申之眼轰炸它们在大地虫行中寻着泥土与诗行间你肉与太阳的眼就像一个黑孩子一枚水中硬币水里不停歌唱着从大地的寂静我属于我的阿留申之眼中喷薄而出的原始森林正是如此雌雄同体之思玩起发咸的跳山羊游戏美洲豹源泉羚羊稀树草原的呼唤被从我对你而言同样阿留申的双眼枝头摘下投掷穿过它们伟大的第一场探险:神奇的桫椤树下一位俊俏的林泽仙女在芒齐涅拉树乳与博爱的蚂蟥怀抱中凋谢。

---

① 矮圣栎丛(Charracal),原文为西班牙语。

天使报喜

致安德烈·布勒东

摩卡庭酒[①]的新鲜血液在肉里作响挂在植物太阳的枝头；它们等着它们的机会。

棕榈叶摇动画出黄色胸脯的搬运女工未来的身躯这是正在萌发的丰收获取所有被吐露的心。

火炬的斗鸡场降到极点为这座城市的羸弱编一个友爱的蔷薇花环用黄色藤蔓系在真实大地的真实火焰的真实太阳之上：天使报喜。

为了迎接搬运女工的报喜她们送来棕榈摩卡庭被系在火炬斗鸡场的太阳之上——绿色之眼四周环绕着

---

① 摩卡庭酒（Mokatine），20世纪初一种利口酒品牌。Mokatine 又指摩卡庭蛋糕，一种咖啡味的小甜点。Mokatine 或源自 Mocha 一词，即摩卡，也指出口摩卡咖啡豆的也门港口城市穆哈。

氧化物的黄色它载满月亮月亮之眼载满火炬——火炬之眼您且去扭曲被解开湖泊的温和肥料。

达姆达姆鼓（一）

致本雅明·佩雷[①]

就在这大地的血的河流之上

就在这破碎太阳的血之上

就在这太阳的百枚钉子的血之上

就在这火虫[②]自尽的血之上

就在这灰烬的血盐的血爱之血的血之上

就在这火鸟燃尽的血之上

苍鹭与鹰隼

升腾啊燃烧

[①] 本雅明·佩雷（Benjamin Péret，1899—1959），法国超现实主义诗人。
[②] 火虫（bête à feu），指萤火虫，诗人在此使用的是安的列斯地区对萤火虫的俗称"火兽"，故译作火虫。

达姆达姆鼓（二）

献给飞龙①

迈着毛虫细雨的小步

迈着一口乳汁的小步

迈着滚珠轴承的小步

迈着大地震荡的小步

土壤里有木薯正大步踏着星辰的缺口前进

夜的缺口圣母

与上帝的缺口

大步踏着结巴喉头话语的缺口

圣洁亵渎之高潮

哈里路亚

---

① 林飞龙（Wifredo Lam，1902—1982），古巴超现实主义画家，父亲自广东移民古巴，母亲为西班牙与刚果混血。少时赴西班牙学习绘画艺术，后在巴黎结识毕加索、布勒东。1941年同布勒东一同离开法国，在马提尼克与埃梅·塞泽尔相识，结为好友，并为多位诗人诗集绘制插图。

伟大的正午

(片段)

——停止前进,驻扎!更远些!更低些!驻扎!
情势急迫,发出苏醒与飞烟的信标,
　　血淋淋的脚趾像战马般挺立,

反叛
揭竿而起!

融化之风的女王
——在强大的和平中心——
铺路碎石,昨日嘈杂
融化之风的女王但固执的回忆
是涨起的肩头
是松开的手
是轻拍自己睡眠脸颊的女孩
是舔着自己水做嘴唇的水流

向着甜美溺水者的果实

铺路碎石,昨日嘈杂,融化之风的女王……

强硬的蜂群。醉醺醺的战士,哦,钾泻盐下颚

爬升的眩晕,天堂锦鸡

爆发、交锋、放火又劫掠

哦章鱼

喷吐光芒

花粉的唾液悄然流向四方

我,孤身一人,租来的舰队

紧攀在我身上

为骇人的蠕虫巨口惊惶万分

孤独而赤裸!

原子的讯息径直拍打而来不可思议的吻

汩汩吐露它们破碎的流浪

还有婴儿啼哭与垂死挣扎一如

玻璃花窗里绽放的背信弃义的百合还有种种孤独

的沙粒沉积与对此激烈的掩藏。

我破浪而行

穿过光的温柔乳汁与地衣

还有有丝分裂和厚髓磷脂

还有曙动物 ①

还有雾气与逼人热浪的蛀虫。

哦绿眼睛的日子无边的清凉正咀嚼

光彩夺目的脑髓之花

黑夜不神圣的裸眼便以它自身的黑暗诵读我深渊与恨的金雀花!

我芝麻高岸的美丽国度

那里有我善意的血的箭头正冒着青涩黑暗的浓烟!

我破浪而行

喉头发紧穿过神秘的浸沤,环绕的岛礁,

看门犬面孔的蝌蚪,迟疑的酵母和低雷的癫狂

---

① 曙动物(éozoon),又译"始生物",古生物与地质学概念,一度被认为是最古老的古生物遗骸化石。源自19世纪中叶在加拿大渥太华河岸发现的白色条纹石,被称为加拿大始生物(eozoon canadense)。这一发现引起了巨大争议,现在一般认为它实际上是一种无机矿物结构。词语本身由古希腊语 Ἠώς、Ēṓs(曙光)与ζῷον、zôion(动物)构成,字面意思为"曙光动物"。

还有染色体的神圣暴风雨,

喉头发紧,头颅高昂而原初的恐惧和秘密的癫狂

熊熊燃烧在我黄金狂热的颅腔,喉头发紧,头颅高昂,

穿过耐心、等待、上升、回旋、

形变、聚合,未来风景的黄疸硬皮脱落,

喉头发沉,头颅高昂,像个固执的游泳者,

穿过阴影的雨幕

穿过天空回旋的渔网

穿过激浪与新翻起噼啪的浪花

穿过恐惧慌乱的窄峡

头颅高昂

在护盾下

在新生与黎明的颤动中!……

世界之血一片发咸的嘴唇

尖锐地向我敏锐的耳朵

哭嚎

配备了闪电

它的海上收割。

哦没有海图的拥抱。

那又如何?
喷薄的棕榈树
势不可挡的喷泉,伞形花,
我沉重的
辎重
压垮
那
泥潭
前进
又
上升!
啊!顶峰!灵活的明天,
水流逗号,我沉重的辎重,也无货船,迎着河流
压垮越发薄弱的尖峰。

泡沫!

我再不寻找:我已寻得!

爱挂在枝头
爱刺破太阳的鼻孔;爱,用一颗蓝牙
咬住白色大海。

我是用土加固的早晨的支柱

我是烧焦的树皮正直的火焰;

在我的五指林地里一整片耸立的森林映出红光,是的,

在深渊上映出红光数十万无畏

舞蹈的脚尖。

广阔,啊!更广阔!四散在我腰部的十字路口啊被爱击中的骑兵!

吃着草的蕈状增生

深渊吹出丘陵的活气泡

吃着草的蕈状增生

被扼杀的冲动

难道您绝不启程?

我是否已经走上雨和髋关节结核沉重的灰色道路?

我无故的爱卷起一轮温热的蛇

我无故的爱卷起一环白日

我时间心肠的爱因一阵突如其来

鼠尾草和青光眼的悲伤蹄子慌乱刨动无声的稀树草原的木棉。

已被苍白的太阳安抚我是否还会向着天空前进?

那里我的罪恶与我殖民地狱缓慢散开的草叶

将会亮起微光一如安魂曲洞窟里永眠的耳朵

哦不断重生出坚喙的太阳鸟

友爱的午夜,我的冷漠鱼片也沸腾其中的唯一入海口

我听见椈木呼吸,

沙滩空心的光,

被拨燃的海上太阳,

还有沉默,

还有散着虮曲讪笑的夜

还有扑通的蛙鼓声上酸涩夜晚的

坚持!

是谁打碎了我的快乐?是谁向着白日叹息?

是谁在高塔上密谋?

我的血喵喵叫

我的膝盖里有钟声叮当。

哦沙漠里这个人直立的无翅行走。

明天?可眼下今日已离我而去,土崩瓦解,无言的神明喉里塞满

平静海面上疲乏的溺亡!

——松口,松一口叹息!还有用它的咕噜声

缠绕珠心①的死亡,另一种死亡,酸涩又顽强的野葡萄!

苦难

啊!我双腿发软,这一声!它钻进我脚跟,刮我的骨,

我沸腾的颅骨里玫瑰灰色的星。

够了!我坦白,坦白一切。我并非神明。

虎甲虫!

虎甲虫!虎甲虫!

光明。啊!为何拒绝?

何等鲜血涌流!

在我脸上。

像是沿我肩膀流淌的浓稠胶水!

我屈膝跪地的衰败失声痛哭。

咚!

惊人的喷涌愈发湍急!在银河的斜切面上

我把闪电击中的花儿缀上飞鸟,

---

① 珠心(la nucelle),指种子植物胚珠的组成结构,位于珠被内,由薄壁细胞组成。

我用一千零一口无效的铜钟点燃

我新生唾液强大的警钟。

温和热。

有毒的气息。撕咬,穿过种种精神障碍染血的小鳞茎……

这世上某处有一面达姆达姆鼓敲响我的失败,

粗糙的光之茎秆在砍刀下

杂乱倒下。

爱的海芋

你们可会轻摇着抚慰我温顺更胜小号鸟

我的麻风病和我的苦闷?

鲜血的达姆达姆鼓

阴影的番木瓜

曼博-然博[①] 抬轿强人

---

① 曼博-然博(Mumbo-jumbo),多义词,或指西非曼丁哥(Mandinka)人(又译曼丁戈人、曼丁卡人)习俗中祭拜的一种精怪,在相关仪式中以戴面具的巨型男性舞者形式出现。Mumbo-jumbo 一词在现代英语中指不明所以的文字。

科利贡博① 抬轿强人

科利贡博思想的黄心中有一滴夜色

科利贡博睁大清澈的木薯粉眼睛

科利贡博岁月的耳朵里压实的火鸢

科利贡博

科利贡博

科利贡博

在号角树②回旋的磕巴声中……

一面世界的羽扇

安静落下又将金线银丝的交尾编织

在火焰吞噬中。雨!

(我也不懂因我从未唤来波涛)

雨

(我也不懂因我从未送出我穴壁的讯息)

雨,雨,雨

---

① 科利贡博(Kolikombo),勒内·马朗在《霸都亚纳》(*Batouala*)中提到的乌班吉河畔邦达(Banda)部落传说中的神,掌管死亡。当地人在葬礼上会歌唱它的名字。李劼人译本中译作"果里公波"(参见赫内·马郎著,李劼人译:《霸都亚纳》,成都:四川文艺出版社,2018年,第78页。)
② 号角树(Cécropie),荨麻科常绿乔木,枝干中空,原产于中、南美洲。其学名 Cecropia peltata 中,Cecropia 一词源自希腊神话中半人半蛇身的凯克洛普斯(Cécrops, Kékrōps),传说中雅典城的首位国王,从阿提卡的土地里出生(本土人"autochtone"一词的本意)的国王。

在我之间四射它电流的肩膀

——以挪士①！终我一生可会在不动的十字路口找到

丰沛的长着颤动又沉默的苍白双手
你夜的王朝与你紫色的和平？
退后！我已站起；我的脚奋力嗯啊走向不再扁平之国！

我会满怀最后丰饶的沉醉前进，我的黄金
和我的哭号睡卧在拳里紧贴着我的心！

啊！便在这肥育的白日里抛下我们指甲整洁的锚！

等待？为何等待？

棕榈从它指间溜走就像一阵悔意
而此处是锻打此处是践踏
此处有令人发昏的否定之风吹过我草原与矮圣栎

---

① 以挪士（Enos），据《圣经·旧约·创世记》(4:26)，为亚当之子塞特的儿子，"塞特也生了一个儿子，起名叫以挪士。那时候，人才求告耶和华的名。"因而是信仰虔诚的代表。

丛的脸庞

我出发。我从不到达。这本无区别，但我出发走上到达之路发出我下颌凸出的笑声

我出发。绝望牙关紧闭也无法扭曲我的嘴巴。

便由它们去吧那些乌鸦：极远处正响起苏格兰风笛。

我出发，我出发。不见他方的大海，哦，没有出路的塌陷

我对你们说我出发了：在流沙的光里，向着我生机勃勃的圣体，

半人马扬蹄直立。

我出发，风生硬的嘴吻在我的忍耐里打探

哦不见起伏的大地

积满重水的肥沃大地

您的日子是追着阴影细声吠叫的小狗。

永别了！

直到一日安逸的大地割下太阳头皮

在紫红之海中您会找到我一如燃木冒烟的眼睛。

烈火,粗暴的温柔
你好!

星星在天空的沼泽里腐烂
可我前进比这腐坏的星更加坚定更加隐秘更加骇人
哦我的脚步划出飞翔的弧线
请您落在那炽热的森林。

此刻我额头的突缘与我脉搏的玫瑰已然将伟大的正午轰击。

巴图克 ①

烟头与吐沫的稻田被文上山峰

唾弃我动机单纯的奇特催告书。

我的唾液里重现开孔的词语化作闸门大开的城,

在郊区愈发苍白

哦,牦牛背上透明的城市

血流缓缓向金线树叶淌出最后的回忆

林荫大道飞逝的彗星倏然掠过的鸟儿

被当空击中

溺毙于闪电

夜晚降临如我爱它的模样极空洞又极无用

一扇罗盘指针在睡意的白色笑声中崩溃瓦解。

巴图克

---

① 巴图克(Batouque),一种达姆达姆鼓节奏,亦是巴西一种舞蹈名,Roger Bastide 认为这种节奏源于非洲,参见 Roger Bastide, *Les Amériques noires*, Payot, 1973.。

当世界终于赤裸而棕红
像爱的骄阳下被烧焦的子宫
巴图克
当世界再不调查
只是一颗神奇之心里刻着
目光裂成碎片
首次出现的布景
当引力让群星落入陷阱
当爱与死亡同作
一条重新焊连的珊瑚蛇环绕着没有珠宝
不染煤灰
不加抵抗的臂膀
巴图克涨起鳄鱼眼泪与随波鞭打的河流
巴图克草地舞者的蛇树
宾夕法尼亚玫瑰的目光透过眼睛透过鼻子透过耳朵
透过受刑犯人被锯开的
头颅的窗孔
巴图克海作怀抱海底泉水作长发的女人
尸僵让躯体化作
钢铁的泪,
所有叶状竹节虫汇成一片蓝丝兰与木筏的海

所有神经质的幻觉都挣脱了马缰

巴图克

当世界变为，经过被诱惑的提炼，

矿盐结晶

大海的花园

第一次也是最后一次

一根被遗忘的快船桅杆燃起海难的杏仁树

一棵椰树一棵猴面包树一页纸

一道驳回的上诉书

巴图克

当世界成为一座露天矿藏

当世界从甲板高处

我的欲望

你的欲望

彼此相和跃向被呼吸的空无

我们双眼的雨棚上泛起

所有阳光的尘埃里满是

纵火的降落伞红麦的装饰旗

巴图克腐朽的眼

巴图克废糖蜜的眼

巴图克结起岛屿的痛苦海面

刚果河是渔线那端升日一跃

一桶血淋淋的城市

一簇被撞开的夜里的柠檬草

巴图克

当世界变成一座寂静之塔

我们身处其中既是猎物也是秃鹰

所有鹦鹉雨

所有毛丝鼠的辞呈

巴图克摔断的号角涂油的眼皮致命的鸻鸟

巴图克发红的耳朵被仔细切开被扼杀的雨

流出脓液而警觉

将暮色的狭窄性器侵犯到透明

晨光的高大黑人

深入破碎的石海之底

等待结了果的城市饥饿的果实

巴图克

哦！在私密的空无之上

——污迹斑斑喷溅出——

直至景色狂热

庄严之血的号令！

于是航船飞越群鹰犁过的时间门前的火山口

航船前行穿着流星的平静长靴

穿着半截码头与甲胄的褐色长靴

于是航船放出一串小鼠

一串电报一串货贝一串天上美人 ①

一个沃洛夫 ② 舞者立起脚尖发出信号

在最高桅杆的尖端

一整夜人们见他起舞洒满酒与护身符

高高跃向油润的星辰之列

一支乌鸦大军

一支尖刀大军

一支寓言大军

于是弓起的航船放出一支奔马大军

午夜正中大地驶入火山口的航道

而身披红袍张满的钻石之风

于遗忘之外

吹动以奶水嗓音高唱死亡之旅的马蹄

掠过一座座种上角豆树的彩虹花园

巴图克

当世界成为一片鱼塘我用你眼睛的渔线钓起我的

---

① 天上美人（houri），源自《古兰经》，指天堂中眼睛美丽的纯洁女子。
② 沃洛夫（Wolof），西非民族之一，主要分布在今塞内加尔、冈比亚等国。

双眼

> 巴图克
>
> 当世界成为睡眠之躯被饮下的远航的乳汁
>
> 巴图克
>
> 波涌反呕的巴图克
>
> 讥笑哀号的巴图克
>
> 受惊水牛的巴图克
>
> 洋红蜂虎侵扰的巴图克
>
> 在火与浓烟滚滚的天空的掠夺中
>
> 手的巴图克
>
> 胸的巴图克
>
> 断头的七宗罪的巴图克
>
> 巴图克亲吻如鸟逃逸如鱼的性
>
> 巴图克融化太阳作王冠的黑公主
>
> 巴图克公主拨动一千名陌生的守卫
>
> 一千座沙漠与彩虹下被遗忘的花园
>
> 巴图克公主有着刚果之腿 ①

---

① 法语有短语 sortir de la cuisse de Jupiter,字面译为"出自朱庇特的大腿"。根据希腊神话,酒神狄俄尼索斯为宙斯与凡人塞墨勒(Sémélé)所生。塞墨勒受赫拉蛊惑,要求宙斯现出神的真面目,却因无法承受随之出现的光芒而死。为保证狄俄尼索斯顺利出生,宙斯将其缝入大腿直至分娩。故而"出自朱庇特的大腿"有出生高贵的意思。这里 cuisse 可以被看作源头、出身地的象征。

婆罗洲①之腿

卡萨芒斯②之腿

巴图克无核的夜

无唇的夜

领上系着抛出的我无名的苦力战船

我的回旋鸟

我将我的眼射向海波横摇射向绝望与死亡的几尼③

怪象全然凝固复活节岛,复活节岛

阴影骑兵被砍下的怪象

一溪清流淌在我手心融化叫声的马尾藻

于是卸下装甲的航船凿开顽固黑夜的大脑

我渴-望-繁-枝-的-尖-塔-流-浪

巴图克

流水卷走一把把银刀与反胃之勺

于是**太阳**④手指戳破的风

燃起火剃光泡沫长发海岛的腋毛

---

① 婆罗洲（Bornéo），即加里曼丹岛，东南亚岛屿，世界第三大岛。
② 卡萨芒斯（Casamance），塞内加尔境内地区名。
③ 几尼（guinée），英国旧时的一种金币，与几内亚（Guinée）为同一词汇，因这种金币以在几内亚发现的黄金铸成而得名。
④ 太阳（SOLEIL），所有字母大写。

巴图克围困的大地

巴图克封闭的海洋

巴图克驼背村落腐败腿脚记忆无价的绝望中一字字拼读的死亡

巴斯博安特、迪亚芒、塔尔塔纳，还有卡拉维尔①

谢克尔②金币，麦捆与黑穗病包围的吃水平面

高潮爬过绝望的大脑

冒烟的犰狳

哦，克鲁人③我船上的丑角！

太阳跳出没有天窗的大海巨大的育儿袋

落入假发与不行电车的铁轨代数正中；

巴图克，河流在峡谷敞开的尖头盔里蜿蜒流淌

甘蔗随涨起驼峰的大地摇动倒下

小湾用冒失的光线打破石头永不落潮的膀胱

---

① 巴斯博安特（Basse-Pointe）、迪亚芒（Diamant）、塔尔塔纳（Tartane）、卡拉维尔（Caravelle），均系作者故乡加勒比海马提尼克岛地名。
② 谢克尔（Sekel），或指 Sicle（英文作 Shekel，参见 Aimé Césaire, *The Complete poetry of Aimé Césaire, Bilingual Edition*, A. James Arnold and Clayton Eshleman, trans., Connecticut, Wesleyan University Press, 2017, p. 161.），最初是古国迦太基、以色列的重量单位，后成为东地中海地区（黎凡特）流通的古货币名。
③ 克鲁人（Kroumen），狭义指以非洲克鲁族人（Krou）社群，主要分布在科特迪瓦西部与利比里亚的沿海地区，多从事海员或码头搬运工等工作。由此广义上也指所有非洲或法属安的列斯地区殖民者雇用的海员或码头搬运工。

阳光，向喉头前进！

黑色吼叫者，黑色屠夫，黑色海盗船涂满香料叮满苍蝇的巴图克

竹丛下沉睡着一群牝马

淌着血，淌着血一群去他妈①。

谋杀者以强奸罪名我将你赦免

以圣灵之名我将你赦免

以我蝾螈的双手我将你赦免

日子流逝像肩挎诸城的海浪

它褶裥的贝壳里装满火药

太阳，太阳，棕红蛇鹭倚着我沼泽分娩的失神

游蛇之河我唤它作我的血管

垛堞之河我唤它作我的鲜血

矛枪之河人们唤它作我的面孔

这长河徒步周行世界

会用一百颗季风之星拍击自流岩。

---

① 去他妈（Caramba），西班牙语粗话，是西语 Carajo 的委婉表达。雨果在《历代传说集》(*La Légende des siècles*)里《大战之后》(*Après la bataille*)一诗中描写过一位西班牙伤兵面对敌人骂出这句话。程曾厚将之译为"狗屁！"（《雨果诗选》，人民文学出版社，2020年）。

自由我独一的海盗,新年之水我独一的饥渴
爱我独一的舢板
我们会让笑声与葫芦的手指滑动在
林-中-睡-美-人冰冷的齿间。

海与洪水之牢

日子哦纽约与苏卡拉①的日子

我向你们求援

你们再不会是赭带鬼脸天蛾②与叛逆湿疹的荒唐游戏

而日子啊日子只是简单

脱下它的手套

它蓝风生奶重盐的手套

它鲨鱼卵休憩与黑麦秆火灾的手套

干燥

干燥

对我含水的腺体您无可奈何

种种稀土的化学芭蕾

杵棒下精细研磨的眼睛粉末

---

① 苏卡拉（Soukala），西非某些地区的传统住宅，一说为洛比族（Lobi）或卡比族（Kabye）的传统住宅，结构上由土墙连起的若干小屋构成。
② 赭带鬼脸天蛾（sphinx à tête mort），字面意思为"骷髅脸斯芬克斯"。

纺锤与水固执不变的海鸥

制成我长眠的不反应合金永无尽时

永无尽时除非寂静之树不可平息的泉涌

永无尽时除非海马与苏木长发的友爱之灾

永无尽时除非我剑麻与蛛网的双眼

我世界之钥与日子碎片的双眼

其中燃起三十万只萤火虫升腾的狂热

永无尽时除非阳光喷发猛然射出利刃

环绕寒热气候的脖颈

永无尽时除非群鸟为了缓解洪-水-中-安-眠-的-渴-望啄饮天空的水渠

永无尽时除非无以平息的血鸟于等待中燃烧在你双眼的耕作里要去破坏晴天

永无尽时除非密林传奇的声音在沼泽与焦炭的修船坞里骤然鼓起风帆

永无尽时除非被辱骂与数千年哺育的族群记账的大脑进入塑望的枯水期

永无尽时除非哦！永无尽时除非你冷静

不朽的公牛

它从不雪般飘落更有益或更致命的呼唤

除非从我树皮的流水里

（真正的）灾难的麦尖与九日敬礼 ①

那个女人醒来

她待饮的双唇上正有海牢的轿子轻轻摇晃

---

① 九日敬礼（neuvaine），天主教中为获得某种恩宠或致敬某位圣人连续进行九天的祈祷仪式。

女人与刀

丰腴肉体在坚实肉体的屑片齿间
飞吧化作日的光点夜的光点风的细吻
化作光明的船首化作沉默的船尾
飞吧被追捕的混杂物血肉深黑的铁砧
飞吧化作孩子的鞋化作抛出的硬币
飞吧去挑战野驴背上夜的重骑兵
你们啊群鸟
你们啊鲜血
谁说我将缺席?
将缺席我没有边角的心
我全然无悔的心我血本无归[①]的心
还有那至高之雨落下的高大乔木林?

---

① 血本无归(à fonds perdus),法语里一般指"终身年金",但其字面有"本金丢失"之意,另法语短语 prêter à fonds perdus 也有"借出的钱有去无回"之意,此处取其字面本意。

竞发

面包与牛铃正中会有花粉月亮四季

罢工与不可能的高炉会喷吐子弹与合唱团与主教冠与枝形烛台的唾液

哦住满移民无言的露兜树

哦蓝色尼罗河哦矮小祈祷文哦我的母亲哦足迹

还有溅满污点野蛮的心

最强烈的震颤依然有待怒放

徒然

而狗沉默

（悲剧）

随幕布缓缓升起,回声响起。

回　声

当然他死定了这反抗者。哦,甚至连黑旗也不升起不鸣礼炮不行礼仪。事情理所当然什么也不会改变却让海底的珊瑚天底的飞鸟女人眼底的群星在一滴泪与一次眼皮扇动间颤抖。

当然他死定了这反抗者,最好的理由便是这失效的世界已无可挽回:它自我肯定又困于自身……注定这般死去他的命数早由野马蹄与河湾暗地写进风与沙里……

停尸房的困兽啊与你相称的不是泪水而是我双拳的鹰隼与我燧石的思绪是我向灾难诸神无声的祈求

蓝眼睛的建筑师
我向你挑战

当心了建筑师就算要死这反抗者也会先向众人指明你造出了一个臭不可闻的世界

当心了建筑师

是谁为你加冕？在哪一夜你将罗盘换成匕首？
对万物充耳不闻的建筑师清明如树木却又封闭如甲胄你迈出的每一步都是一场征服一次劫掠一种曲解一场谋杀

当然了他会离开世界这反抗者离开你强暴的世界你心怀仁慈决定受害者是畜生还是亵渎者

建筑师无门亦无星没有源泉也没有东方的奥库斯[①]
建筑师长着孔雀尾巴迈着螃蟹步伐口吐菌菇与钢铁幽蓝话语的建筑师当心你自己

[①] 奥库斯（Orcus），罗马神话中的死神、亡者之神。

幕布已升起

在恐惧的死人坑①里，巨大的集体监狱，满是将疯和将死的黑人；挨饿、折磨与癫狂的第三十日。

一阵沉默。

女旁白

回家吧年轻姑娘们；游玩的时间已过；死亡的眼眶里长出透过苍白云母闪闪发亮的眼睛。

疯女甲（认真地）：

这是个谜语吗？

男旁白

这是灼人群星的季节正要开始。

疯女乙（笑着）：

啊，这是个故事。

---

① 死人坑（barathre），古希腊词汇，本义指雅典城西的深沟，其中竖着铁钩，用以将死刑犯投入其中。后也被用来代指"地狱"。

歌　队（咄咄逼人地）：

岛屿在奴隶收容所①的烂泥地上绷直它的毒蜘蛛腿。

疯女甲

呸，呸。

疯女乙

呸，呸。

恋　人

拥抱我吧，此刻是美的；若非一次眼皮眨动蛊惑吸引便让种种威胁的全部重量化作轻盈，美能是什么？……

反抗者

若非一张脸庞被闪电击中的门上一道微笑的破烂招贴画，美是什么？而死又是什么，若非石头嶙峋的发现的脸，太阳背面驶出岁月与色彩的旅行？

---

① 奴隶收容所（Barracoon），位于非洲西海岸，黑奴贸易中用以临时收容被抓黑人的大型建筑。这些黑人随后会被装上船只，横渡大西洋，被贩卖到美洲。

恋　人

你别诋毁太阳。瞧我,我可曾咒骂阴影?

我珍视你,阴影,你是渔人,钓起太阳长发美丽的呐喊,在你犹疑的溪水里正有呵,风与它迟缓淘金者的手指。

反抗者

俊美温柔的友人,没有我们,不知感恩的天空还会不会布满睁开双眼的猎隼,

没有我们,珍珠牡蛎还会不会在时间之盖下动作缓慢安宁平复蜿蜒的晦暗伤口?

俊美温柔的友人,没有我们,风还会不会摧枯拉朽而去,悲号着奔向弓起的期望?

男旁白

曼德拉草的芬芳干涸了;山丘随风拖动缆绳;山谷巨大的尾流扬起波涛;森林桅杆断裂,鸟儿打出遇难的信号,我们遗失的身躯轻轻摇晃着它们泛白的残骸。

歌　队

是谁迟迟不来,是谁在遗忘中枯萎?

半个歌队

云端落下的硫磺石

半个歌队

美丽的弧线

歌　队

美丽的血

半个歌队

美丽的雨

半个歌队

煽动者呀,

歌　队

　　煽动者呀,我再无法从眼前抹去这幅画面:黏土场上吃泥土的女人。

半个歌队

　　星苹果叶子的手背上、手心里所有金褐与全部希望也无法将我安慰。

反抗者

　　我在空中捕捉到非凡的信息……满是刀刃夜与呻

吟；我听见赞美声之上一场壮阔的即兴演出涌起旋风、射出阳光、施行石头的

巫术用奇特清晨烹煮，被小口喝下的麻木。

恋　人

一只无畏的鸟儿将它青涩火焰的啼鸣扔进黑夜滚烫的肚中。

反抗者

……一堆红刺李与螃蟹的巨大炭火。

一场播种只为看见残酷回忆絮叨的苍蝇，白蚁的蛀痕，有待治愈的高热，有待更正的错误，钝吻鳄的呵欠，无尽的不公。

恋　人

拥抱我吧：世界正年轻

反抗者

哦世界何其脆弱

恋　人

拥抱我吧：空气像面包一样膨起金黄

反抗者
世界何其庄严

恋　人
拥抱我吧：世界流动着冠羽棕榈甘松，决明的欲望

反抗者
哦世界有跃起前蹄的立马亚光的毛皮

恋　人
拥抱我吧；拥抱我吧：我的眼里有无数世界诞生又毁灭；我听见那些世界的旋律……马群近了……一阵战栗填满野物血肉的风……

一阵美妙的沉默。

疯女甲
死者问候送葬人

疯女乙
我听见雷鸣中有死亡的瘦狗……
你好瘦削的朋友。

哀乐。

反抗者

哦,够了,我的朋友们:从此我不过食料;鲨鱼在我的航道里游弋

歌 队

白人上岸了,白人上岸了

反抗者

白人上岸了。他们杀死我们的姑娘,同志们。

歌 队(惊恐地)

白人上岸了。白人上岸了。

半个歌队

涌出热泪吧

半个歌队

流下露水吧。

反抗者

你看见了什么?

恋　人

滩涂地①上泥泞的生活

反抗者

你记起了吗?

恋　人

桫椤树……湍急的水声。

反抗者

山峰、小湾……雨……它书带木的假种皮……

恋　人

哦！一片金雀花的风景，湖与蔗草与锈铁皮屋顶上的金雨。

反抗者

海的低潮线请做我的姐妹。

     主教们走上台来在大主教权杖下低着头。

---

① 滩涂地（poto-poto），源自非洲林加拉语，原指泥土。指非洲用于建墙的干土，也指热带沿海地区沼泽或红树林带的淤泥积沙形成的泥地。

主教甲

壮哉这时代：我的孩子们你们刚完成了一场漂亮的屠杀

他坐上他的御座。

主教乙

惊人的时代我的兄弟们：纽芬兰鳕鱼自己跳上钩来

他坐上他的御座。

主教丙

要我说这是令人炫目又瞠目随心所欲的时代

他坐上他的御座。

主教丁

一个生殖崇拜盛产奇迹的时代

大主教

好了，我听见夜里蛤蟆清脆的笛声和蟋蟀刺耳的高鸣。呜啊，噗哇

　　主教们起身，一队人缓缓下台。

　　森林与荆棘丛的景象。黑骑兵。

骑兵甲

结巴的蕨树,指引我们。

骑兵乙

野草干枯的话语,指引我们。

骑兵丙

痛苦的游蛇,指引我们。

骑兵丁

燧石的尖叫萤火虫,指引我们。

骑兵戊

指引我们,哦,指引我们,盲目的芦荟叶枕戈百年震耳欲聋的复仇。

部队出发了,骑兵们消失在森林中。

疯女甲

真奇怪,夜晚派出巡逻的女巫……

疯女乙

肚子卵圆的蜘蛛神色如教宗走进丝线宫殿白蚁夹

道欢迎；在渴求睡眠的洞穴里鲨鱼的厚唇也因梦着捕猎与白骨蠢蠢欲动。当然了，防护网再无效用：在海墙上霉臭最甚处头足纲动物逆流织着触手等待又狂叫；沼泽沼泽呕出你的游蛇。

女旁白
死亡在轻柔之风的脖颈里轻声哭泣

男旁白
烈火将凶猛的落叶挂上房子着迷的屋顶

女旁白
……城市崩塌倒下……在强奸漫长的眩晕里……在硝烟与哭喊之床的瘙痒中

疯女甲
……哦，我听见夜的斯佩尔特小麦[①]生长……女人们……沟壑里满是血……飞火的碎片落下……我看见火的蜥蜴、火的蚱蜢、火的芋块。

[①] 斯佩尔特小麦（épeautre），学名 Triticum spelta，禾本科小麦属植物，与普通小麦相近，可食用或用作饲料。

反抗者

别这么说。别这么说……我独坐荒芜正中。我的宫廷是一堆枯骨,我的王座,一摊腐肉,我的王冠一环粪污。可您瞧:怪异的婚礼已经开始:乌鸦拉响列贝克琴①,白骨玩起碎骨块;地上的葡萄酒潭结成友爱的血栓,酒鬼醉倒其中长卧不起……长卧不起。

与此同时三位狗头神抬走了恋人的灵魂。

女旁白(沉痛地)

此时此刻疲惫的公主从唇上擦去一段吻的空白就像擦去一段酸涩果实的思绪。

她向前拨动半圈指针。

此时此刻公主再不相信头发蓬乱的造雨人。

她向前拨动半圈指针。

此时此刻公主用一缕又一缕微笑为自己织一件崭新雨穴的长裙

她向前拨动一圈指针。

此时此刻王子造出了美人兰②,大脑之花中最美的

---

① 列贝克琴(rebec),一种中世纪三弦乐器,琴身梨形,用琴弓拉响。
② 美人兰(ophrys-femme),诗人新造词。法语中 ophrys 指花朵拟虫形兰科植物(ophrys-insectifera),常在词后加上花形相似的昆虫名,如苍蝇兰(ophrys-mouche)等。这里作者仿其构词,造 ophrys-femme,字面意为"女人兰"。

一种。

      她向前拨动半圈指针。

此时此刻公主宣告收复海沫四周所有的疆土。

      她向前拨动一刻指针。

男旁白

此时此刻火焰入口有公主向她钟爱的白鹦鸟示意
凤头鹦鹉
凤头鹦鹉
在枯萎的细耕田的空白书页间。
此时此刻灵魂的诅咒变作九只蝎子互相蜇咬。

      停顿。送葬队伍消失了。

男旁白

此时此刻火山自行沉入珊瑚舱底
  此时此刻女皇在帝国的洞窟里宣告补偿基金无效又在大腿上文下一场曼陀罗雨其中有燃烧的长枪喘息。

女旁白（庄严地）

阴森吉他的琶音，在我眼皮下升起
  被搜刮一空的黎明

我是等待全心等待。
我行在珍贵时刻的累卵上
哦脆弱顽固而坚定道路
属于我存在又尚且不在的王国
天气晴朗异常晴朗。
澎湃吧时日，濒死世界的踌躇；
澎湃吧丰腴的女孩；
在我肮脏的期待上泛起泡沫。

男旁白（谦卑地）

瞧我这商人两手空空，一只裸眼掀起盛景，喉头酝酿着活生生抵着我牙齿刚破壳的词句。

女旁白

瞧我呵是我是我：为宏愿迷惑的女人而我在剑兰与耶利哥玫瑰①之间游向单纯的尸臭。

反抗者

这不是真的……再没有战斗。再没有谋杀了，是

---

① 耶利哥玫瑰（rose de Jéricho），通常认为指含生草（Anastatica hierochuntica），分布于西亚、中东、北非沙漠的植物，可将茎秆内卷成球，一遇水又重新舒展，因这种特性被认为是复活的象征。

吗？再没有火光灼灼的罪行？野蛮的管风琴盲目哼鸣沉默的时分，那无尘时光的碎屑。

哦，哦，一阵尸臭……一阵血腥味鲜血像一大桶红酒那般咕噜发泡。

女旁白

只需敲打太阳的窗。只需砸碎太阳的玻璃。只需从太阳的盒子里找出碎裂风中四散毒蚁的红缨。哈，哈。

男旁白

天气晴朗。一朵比女人更赤裸的非洲菊在阳光里向着太阳嬉戏而太阳在封闭的大脑里噼啪燃烧埋雷的金冠旅人芭蕉编织的心何其美丽吹动-无边-冰冻-水面。

疯女甲

被落雨砍刀犁过的土地生出烟气。白日不过一座等死的破屋……哦，我拨开嘈杂的树叶。哦，我透过头脑的裂痕倾听。升起了。升起了。

疯女乙

升起了。升起了。太阳是一头疯狮爪子残破在摇摇欲坠的牢笼里徘徊。

反抗者（狂热地）

升起了……从大地深处升起……升起黑色洪流……一浪浪呼号……一片片野兽气味的沼泽……这无数赤脚涌动的风暴……还不断有新的风暴从矮丘小径上落下，爬上山谷的陡坡下流野蛮的激流不断壮大混沌之河、腐朽之海、痉挛大洋伴着大砍刀与劣质酒精炭黑的笑声……

疯女甲

我黑红的手心里高叫着白色接骨木的黎明。

疯女乙

太初无有。

疯女甲

太初有夜。

反抗者（低声）

夜与苦难同志们，苦难与动物般的妥协，夜晚有奴隶的喘息沙沙作响，它踏着背负基督①的步伐扩张苦难的大海，黑血的大海，甘蔗与利润的巨波，恐怖与悲痛的大洋。最终，最终有……

他遮住自己的眼睛。

远处，极远处，在某段遥远的历史中，歌队模仿着黑人革命的场景，单调而野性的歌，混乱的脚步声，砍刀与长矛，一个特立独行的黑人，作为发言人不断指手画脚。整个景象既可怖又可笑，既夸张又残酷。

发言人

安静，先生们，安静。

狂热者甲

无可安静了：我们自由且权利平等。可别忘了。

---

① 背负基督（christophore），源自希腊语 Χριστοφο ρος，名词，意为"载着基督的人"（porteur du Christ）。人名克里斯托弗（Christophe）的来源。一般指基督教传统中殉道者圣克里斯托弗（又译圣基道、圣基道霍、圣克里斯多福等），曾托着伪装成孩子的圣子基督过河，因而圣克里斯托弗又是旅行者的主保圣人。19 世纪文本中可用于指一般基督教徒，但格外特指克里斯托弗·哥伦布，因其航行美洲之举将基督的讯息带到了新大陆。

狂热者乙

要我说：那些人有难了，因为他们看不出在我们光荣的解开缰绳的脸的墙上早已刻下对独裁"弥尼，提客勒，乌法珥新"①的宣言。

而现在，我知道头颅会像可可果滚落：处死白人。

狂热者歌队

处死白人，处死白人。

回声不绝于耳，叫骂与歌声交织。沉重的虚空与沉寂再次降临。

女旁白（声音冷酷）

最终……我看见最终……啊，是的……在一切终结之时……野兽落败，躲进狼吞虎咽的食人鬼们歇斯底里的粪便中，惊惧萦绕它的疲弱，祈祷粉碎它的骄

---

① "弥尼，提客勒，乌法珥新"（Mane, Thecel, Phares），出自《圣经》故事伯沙撒王（Balthazar）的盛宴。巴比伦王国最后一任国王伯沙撒在宴会上酩酊大醉，用从耶路撒冷殿中所掠的金银器皿饮酒，并赞美异教神，这时宫殿墙面上出现人手写下"Mane, Thecel, Phares"字样（也写作 mene, mene, tekel, upharsin），意为"计算过、称量过、将分裂"，指神已计数巴比伦王国命数将尽，国王的亏欠已被称量，巴比伦国将分解，此预言因此示意伯沙撒的王国行将覆灭，当晚，伯沙撒即被杀，之后巴比伦王国被波斯人所灭。这句箴言后也成为宣告末日、大限将至的代名词。此处翻译参考《圣经·旧约·但以理书》(5：25)。

傲，而它的伤口上，有我笑的辣椒与泪的细盐。

男旁白

岛屿，我钟爱这个被加勒比人①与虎鲨觊觎的鲜活词语。

女旁白

哦，我迫切地等待着：我被包围了

男旁白

……被噩梦的眼睛环绕……

女旁白

被孩子眼睛和笑的涌流环绕

男旁白

飞瀑如幕；且看飞瀑如幕，还有群鸟清亮的杀戮

---

① 加勒比人（Karib），海岛加勒比人（与大陆加勒比人相对），源自加勒比海小安的列斯群岛，拉丁美洲原住民中的一支，因欧洲人劫掠屠杀几乎灭绝。其通常写法 Caraïbes 是欧洲人到达美洲后才出现的称呼，而加勒比人原本自称 Kalinago，一说其在印第安阿拉瓦克语（Arawak）中意为"勇敢的人"，后在欧洲语系中被扭曲成"食人"（Cannibale）一词的来源。Karib（Carib）一词也是加勒比海名称的由来。

之歌。

女旁白（将面具扔下）

注意，我从望风塔高处高喊注意

靠近些

在这边

用欠收与不期而至的雨温柔舒缓的声音

黑云勾勒出套索的形状

男旁白（将面具扔下）

注意，我从望风塔高处高喊注意

靠近些

在这边

海盗小船在天蓝原野上劫掠：只为消遣。

酩酊又放荡。一片无际染上金黄；

在湖底深处梳洗镀金的雄鹰；

玉米田，甘蔗靛青，凡海寻深处；

空陷处的喧嚣涌向空陷处堵塞了天空……

歌　队（吟诵）

唉，我的朋友们啊。

歌队队员乙（吟诵）

唉，我的朋友们啊

歌队队员甲

大地是疲倦，我的疲倦会让它疲倦

歌队队员乙

太阳是疲倦，我的疲倦会让它疲倦

歌队队员丙

雨是疲倦；我的疲倦会让它疲倦

歌队队员甲

唉，我的朋友们，啊

歌队队员乙

我的疲倦是深渊；没有哪种休憩能让它满足。

农夫丙 ①

我的疲倦是饥渴啊，没有哪种饮料能将它平息。

---

① 农夫丙（Troisième paysan），原文如此，按上下文逻辑应为"歌队队员丙"。

歌　队

唉，啊我的朋友们，啊。我的困倦是被风化的收成四方一辆载满无声细沙的推车。

疯女甲（吟诵）

将为我们歌唱的人在哪儿？

歌　队

他右手持蛇
左手握着一片薄荷叶
他有鹰的眼睛与狗的头颅

疯女乙（吟诵）

将为我们指明道路的人在哪儿？

歌　队

他有白日的便鞋
他有鲜血的衣带

疯女甲（吟诵）

让我们收拾屋子迎接这凯旋的美丽贵客。

疯女乙（吟诵）

哦狗儿，哦蝎子，哦蛇群，自幽冥中升起唯一的脚步、真正的脚步

疯女乙（吟诵）

让我们清扫小径迎接这充满力量的美人

歌队（拍手庆贺）

躲藏也是徒劳最后的幸存者

我们无需击鼓便可将他赞颂，

过火地木薯，营地篝火，哦喂，且听我说，我渴望你们燃烧的飞箭，你们辣椒的红烟，你们的箭毒，你们的格尼帕树①。

我们无需击鼓便可将他赞颂将他鼓舞

哦喂血中不灭的火开始吧阴影与沟壑中的火

万分抱歉我们所能提供的不过如此：一场火光闪烁的火灾用腾腾热气向蓝色阴影武装的黑暗表示欢迎。

---

① 格尼帕树（génipa），genipa americana，生长于南美洲北部、安的列斯群岛及墨西哥南部的热带常青植物，其果子的汁液可作为黑色染料，北美原住民在战斗前会用其在身上画装饰花纹。

疯女甲

我会让他睡在我的胸膛好像一片薄荷叶

我会让他睡在我的胸膛好像一块香膏

我会让他睡在我的胸膛好像一把红色匕首

歌队(唱出赞美诗)

你脚踩雨和勇气的便鞋,上升显现吧即将来临

近乎泪水的主人在沙漠中升起就像水和涨起尸体与丰收的波涛起伏;

上升吧即将来临的主人,肉体化作深沉非洲的碎屑飞散,上升吧即将来临的主人,还会有向日葵般大豆般钟情的眼遮上飞鸟绑带,它们美丽如同怒火急促的闪电中亚当苹果的铃声

女旁白

你们听见了,你们听见了,国王到来,国王踏上土地;国王拾级而上;国王走过第一级台阶;国王走过第二级台阶;国王站在台阶之上。

男旁白(极平静地)

一步又一步国王踏入平滑微笑伪装的深渊

反抗者

你们无法阻止我向我的朋友们诉说无缺的

肥润月亮野草,无花果无花果……

这便是我的爱,这便是我的恨

还有你们密室边我极乖顺孩童的说话声。

歌队(远远地)

哦,国王,起来

反抗者

没有方言的河流在灰烬操纵下暴涨

海角与锉屑

飞鸟与时日

旋转着发出锁的响声;

在稚嫩的地平线上有神奇动物们

咀嚼着大脑

暂且收起它们

饮下一整晚黑夜的欢快眼睛。

歌队(远远地)

哦,国王,起来

反抗者

我想在夜里种满缜密的别离

歌队（在远处）

哦，国王，起来

反抗者

紫罗兰和罂粟银莲① 绽放在我的每一步鲜血中

歌队（更远处）

哦，国王，起来

反抗者

……在我的每一步声音里，在我的每一滴名中

歌队（更加远处）

哦，国王，起来

---

① 此处提及的这三种花均在不同神话中被认为是神死后血中开出的花朵。意象选择可能受到英国人类学家、民俗学家詹姆斯·弗雷泽（1854—1941）著作《金枝》启发。"石榴是狄俄尼索斯的血溅出来后变成的，正像银莲花是阿多尼斯的血、紫罗兰是阿蒂斯的血变成的那样。"（参见 J. G. 弗雷泽：《金枝——巫术与宗教之研究》，王培基、徐育新、张泽石译，北京：商务印书馆，2019年，第623页）另书中也提及罂粟是阿多尼斯血中开出的花。

反抗者

……南洋杉果,连串樱桃

歌队(几乎远不可闻)

哦,国王,起来

反抗者(声如响雷)

……弯弓,火的印记

歌队(低吟着)

哦,国王,起来

反抗者

我已带领这国度认识它自己,
让这土地知晓它隐秘的恶魔
在毒蜥和铙钹的火山口点亮了
陌生又灿烂的地狱交响,其中寄居着高贵的乡愁

歌　队

哦,国王,起来

反抗者

可现在

只剩我

孑然一身

我徒然锋利我的声音

尽是荒芜尽是

我的声音操劳奔波

我的声音在没有路口的迷雾的号角中摇晃

而我没有母亲

而我没有孩子。

歌　队

哦，国王，起来

反抗者

好啦，划船的苦工，散去吧，你们的职责到此为止。

美丽宛如剥去新鲜遗忘的记忆，复仇同白天的耳朵一道奋起而所有编织黑夜肉体的尘埃、所有淌下黑夜木薯粉的胡蜂所有刺伤黑夜后背的金梭鱼都强睁开它们青春的眼睛去看。

所以现在我向我性器的最后一夜致敬

炉火

煤炭

深埋我力量之矿的太阳

你们也吓不到我,幻影,我无比强大。

我套住大海的嘴听菜农们在丑闻与泡沫的温柔中艰难走向晨光的美妙圆丘。

灯光灭去。

反抗者

我与这夜缔结了盟约,二十年来我始终感到它向我轻声呼唤……

烛光亮起。

反抗者

一声声否认中我唤过我的神明

冷笑。

可他们看着我将我窥视,我感到害怕

惧怕这些不怀好意满心嫉妒的神祇。

他们的手臂长无边际,他们的手上有蹼。

无可逃离

我说我完了

我说我不能

如何让他们明白我不愿。明白我不能

没有哪阵困顿,没有哪片寂静里不藏着一个神
而那些声音说我是个叛徒,我并非忘恩负义
我拜倒在地低下头去
羊羔在我心中哀鸣

  他停下。舞台上出现许多静止不动的鬼脸:那些是偶像:拥有巨大扭曲面孔与白眸的奇幻动物。

反抗者(瘫倒在地)

我就在此……

停顿。

他们徒然为树根涂上白漆树皮的力量依然在下面嘶鸣……

停顿。

我为何要惧怕来自我诸神的审判?
是谁说我已背叛?

停顿。

脸上写着年份的怪异乞丐们时而威胁黎明
时而又将它欢迎
是我啊
每夜都有一阵饥饿在石珊瑚间将他们唤醒

一阵饥饿渴望更宽广的太阳与极古老的硬币。

我重新转向未知的风它鼓起一次次追寻。

我将离开

请别说话，请别嬉笑

非洲睡着了，请别说话，请别嬉笑。非洲在流血，我的母亲

非洲四分五裂向一道沟渠的害虫

向强奸的精子那不育的入侵敞开了自身。

诱惑声甲

是哪条绳索在森林河流沼泽语言与野兽上方被拉起？

我没有母亲也没有过去

我用尘埃与辱骂填满我肚脐的后母水井，直至遗忘。

反抗者

退后刽子手

啊您朝我眨眼睛

您要我做同谋？

救命救命有人谋杀

他们杀死了太阳再没有太阳只剩下巴珊的公牛 ①

疯狂甩动的尾巴上挂着一支火把

杀手杀手

这下好了……他们嗅到了黑人的肉味

他们停下

他们发笑。

诱惑声乙

结束了,都结束了,申辩也是徒劳,司法诉讼偃旗息鼓。

您瞧,他们把他撕成了碎片,撕成碎片就像一头野猪

反抗者

像一只刺鼠!像一只狐獴!

是谁?您问我是罪魁祸首是谁?

不,不是我

我何其无辜

---

① 巴珊的公牛(taureaux de Basan),源自《圣经》,大卫遭众人羞辱攻讦时曾向上帝祈求:"有许多公牛围绕我,巴珊大力的公牛四面困住我;它们向我张口,好像抓撕吼叫的狮子。"《圣经·旧约·诗篇》(22:12—13),故而也指代凶狠、野蛮、残酷的人。

谁?

他们

他们这些走狗

他们这些嘴唇带血,钢铁眼睛的人

可您也明白我说过司法诉讼已经偃旗息鼓。

偃旗息鼓,可他们眼里的亮光却永不熄灭。

杀人犯,杀人犯,杀人犯。

  在一具具尸体间徘徊。

灰烬、梦境……饥饿之人,饥饿之人……双手在太阳的圆盘里燃烧……哦,死者……还有主人的暴虐与被迫食粪的奴隶的喘息呕吐着成就鲨鱼的撕咬与蜈蚣的爬行。

哦,自由土地的亡人。

大地盲目的美目兀自歌唱

野地学校,高耸田地连起的眉毛

无韵无理流沙研讨会博识的计谋

沉船者的奶牛,受难与海浪的雨用游蛇用议论用海藻让血与阴影的孤独灯塔着迷

哦,不上鼻勒的死者

我会用天空,用鹦鹉鸟儿,用钟楼,用方巾,用鼓,用轻烟,用狂怒的温柔,用古铜色调,用珍珠质

地，用周日，用嘈杂舞场，用童言稚语，用恋人爱语
　　用孩童半指手套的爱
　　造一个世界我们的世界
　　肩头圆润的我的世界
　　有风有太阳有月亮有雨有满月
　　一个小勺
　　丝绒
　　金色织布的世界
　　有山峰有山谷有花瓣有受了惊的小鹿高鸣
　　从前
　　某日
　　平等的姐妹会在拷问房里手拉起手
　　世界将死会缓缓低下它奇形怪状的头
　　整齐排列的日子好像参加弥撒的孤儿
　　一副彬彬有礼的杀人犯模样
　　日子会从自己身上夺来乳汁青草时分
　　连同它们甜樱桃的模样
　　连同它们天鹅航路上苦役犯的礼节
　　连同它们著名城堡的神情
　　可在美如谎言的陌生房间里，这谎言不是别物正是对旅行的爱，从前某日始终未知的太阳始终未知的

港口正实行没有上帝的上帝和平 ①。

半个歌队
男人,小心了,火是渴望蔓延的语言。

　　　　　　　　　　母亲走上前。

反抗者
女人,小心了,这里有座美丽放荡反季的国度已被他们用幼虫摧毁

一个花朵闪光的世界却被旧海报玷污

一座无需暴风便瓦片破碎草叶拔起的房屋

还不是时候

还不是时候

我只会庄重地归来

我们焚毁的谷仓眼里会有爱在闪光

就像一只醉鸟

一支行刑队

还不是时候

---

① 上帝和平(trêve de dieu),约 11 世纪至 13 世纪法国天主教会面对法兰克王国王权衰微、骑士劫掠严重威胁社会治安的情况推行的运动,旨在信仰约束骑士行为,保证社会安定。该运动从法国南部发起,逐渐蔓延到整个西欧。

还不是时候

我只会牢牢抓获走私物归来

麦子蚱蜢海浪洪水呼啸炭火迹象水的森林水的草地水的牧群水草丰茂生机勃勃的爱

火焰片刻蜂巢牡丹一品红宽广的爱，数字预知未来的爱，气候预知未来的爱

歌　队

屠刀我温柔的赞美歌

遍地鲜血我温暖的皮毛

屠杀，我的屠杀，烟尘，我的烟尘汇成一路不算清澈的水柱从烈火的气孔中喷出

反抗者

将我犁开，将我犁开，我族群全副武装的呐喊。将我犁开啊疣猪再践踏将我践踏，直至我的心也粉碎直至我的血管爆裂直至我的骨头在我肉的午夜里吱嘎作响……

母　亲

我的孩子！

反抗者

长久以来都有太重又太美的一分钟压在我身

诱惑声甲

我便是血红时刻,终结的血红时刻。

诱惑声乙

我便是乡愁的时刻,奇迹的时刻。

反抗者

长久以来我只与最迷醉最美的女人交谈。

母亲(摘掉面纱)

而那最不幸的便在你脚边

反抗者

我脚边?长久以来我只与那位女人交谈她赋予夜生命又让白日繁茂。

半个歌队

可是那位让清晨变成一溪蓝色篷船的女人?

半个歌队

可是那位……

反抗者

打火石罪大恶极。残阳女人不照面的女人我们又有什么好说？在鲨鱼的血红时刻，在思乡的血红时刻，在奇迹的血红时刻，我遇见了**自由**①。

那时死亡也不暴躁只是温柔

它有黑黄檀②和育龄少女的手

它有碎布条和福尼奥小米③的手

死亡温柔

而你我同在

那一夜贞洁流出血

无数太阳与彩虹栖居的夜的舵手

大海与死亡的舵手

自由，哦，黏腻双腿流出新血我高挑的姑娘

你惊鸟与柴火的尖叫

---

① 自由（Liberté），原文首字母大写。
② 黑黄檀（palissandre），可指多种热带黄檀属香木。
③ 福尼奥小米（fonio），马唐属植物（Digitaria exilis），西非种植的主要谷物与主要食物之一。

海底深处浅棕女人 ①

树木边材和挑战和得胜的荔枝

亵渎神明的尖叫

爬行吧,爬行

我高大的姑娘满怀奔马与枝叶

偶然与知识

遗产与源泉

在你爱的最尖端你迟缓的最尖端

在你赞美歌的最尖端

你灯火的最尖端

在你昆虫与根系的最尖端

爬行吧沉醉于看门狗护卫犬野猪崽

尖头枪头蛇和大火的盛大排卵

直至药膏肿起的瘰疬样本溃败而逃。

---

① 浅棕女人(Chabine),原词指山羊和绵羊杂交的罕见品种。在法属安的列斯语境中特指一种混血类型,即带有明显黑人长相特征但肤色偏浅棕色的混血后代。自殖民时期以来,法属安的列斯依照外表及所谓性格特质(遵循19世纪种族理论)的不同,将混血细分为多个种类,这种分类在实际使用中又与社会阶级分类相结合。浅棕混血被认为是不安定又迷人的类型,容易激动、情感充沛、富于魅力。参见 Stéphanie Mulot, «Chabines et métisses dans l'univers antillais: entre assignations et négociations identitaires», *Clio. Femmes, Genre, Histoire*, 2008, n°27, p. 115—134。

母 亲

哦,我孵化不良的孩子。

反抗者

是谁在休憩的门前将我打扰?啊,你要个遭到背叛被出卖的孩子……于是你选择了我……谢谢。

母 亲

我的儿子。

反抗者

况且派你来这儿的人也需要,不是吗?他们不止要我失败,要我破裂的胸膛,他们还要我认命……所以他们派了你来。谢谢。

母 亲

转过头来看着我

反抗者

我的朋友,我的朋友

这难道是我的错,明明是它们涌向我为我染色又将我覆盖,那从岁月深处吹起,比我黑色的深棕更鲜红,

年复一年的耻辱、年复一年的红、日复一日的坏天气

 劣质日子的脓液

 蚱蜢日子的无礼

 比盐更光亮的狗嘴日子的吠叫

 我准备好了

 发出所有声响汇聚各种支流

 我张开我黑色的皮肤好像张满一张母驴皮。

母 亲

装满斗争的心。没有乳汁的心。

反抗者

没有信仰的母亲

母 亲

 我的孩子……把手给我……让我的手中长出你回归单纯的手来。

反抗者

 达姆达姆鼓喘着粗气。达姆达姆鼓打着嗝。达姆达姆鼓吐出火与血的蚱蜢。我的手也沾满鲜血。

母亲（恐惧的）

你的眼也满是鲜血。

反抗者

我不是一颗干涸的心。我不是一颗无情的心。

我是患上良性焦渴的狂人在下了毒的水塘边打转。

母 亲

不……这发咸的荒漠上不见一颗明星除了吊死叛乱者的绞架还有风的利齿间黑色的手脚。

反抗者（冷笑着）

哈，哈，来自白人的反击。不羁的大海……晦涩的信号……饥饿、绝望……不对，他们骗了你，大海明明枝叶繁茂，而我从它的屋脊高处看到一个绝美的国度，阳光普照……到处都是鹦鹉……水果……淡水……面包树。

母 亲

……一片水泥、樟脑、钢铁、破纱布、消了毒的沼泽的荒漠，

一片沉重的土地布满火焰与菌菇的眼睛……

反抗者

一个海湾棕榈露兜树的国度……一个张开手掌的国度……

母 亲

你们瞧,他拒绝服从……他不放弃他邪恶的复仇……他拒绝缴械投降。

反抗者(冷酷地)

我的姓:饱受辱骂;我的名:饱受羞辱;我的身份:揭竿而起;我的年龄:与石头同龄。

母 亲

我的种族:人类。我的信仰:友爱……

反抗者

我的种族:跌落尘埃。我的信仰……
可轮不到你们用你们的顺从决定我的信仰……
该由我决定用我的反抗用我紧握的赤手空拳用我蓬松的脑袋

非常平静地:

我记得十一月的一天;他还不满六个月而主人就

像一轮棕红的月亮走进昏暗的茅屋，他摸了摸他结实的小手小脚，真是位顶好的主人，他粗大的手指轻抚他长着酒窝的小脸。他的蓝眼睛带着笑意他的嘴逗弄说着甜言蜜语：这真是块好材料，他边说边看着我，然后主人又说起其他亲切的话，必须尽早着手，二十年也不长，才能培养出一个好基督徒好黑奴，一个忠心耿耿的好奴仆，一个指挥官的好监守，目光敏锐手臂健壮。于是这个人在我儿子的摇篮上在未来看守的摇篮上谋划着。

母 亲
哎呀，你会死的。

反抗者
杀了……我亲手把他杀了……
是的：肥沃丰饶的死亡……
那是深夜。我们在甘蔗树间爬行。
砍刀朝着星星微笑，但我们不在乎星星。
甘蔗用流水般的绿色刀锋割伤我们的脸
我们紧握着砍刀爬行……

母 亲
曾经我梦到一个儿子为她的母亲合上眼睛。

反抗者

我选择朝着另一轮太阳打开我孩子的眼睛。

母 亲

……哦,我的儿子……恶劣遗毒的死亡

反抗者

母亲,鲜活壮丽的死亡。

母 亲

因为他有太多的恨

反抗者

因为他有太多的爱。

母 亲

放过我吧你的牵绊让我窒息。你的伤口让我淌血。

反抗者

可世界并不将我放过……这世上每有一个可怜人被私刑处死,每有一个可怜人被殴打折磨,都有如我一同被残杀被羞辱

母 亲

上帝啊，让他解脱

反抗者

我的心啊别让我摆脱我的记忆……

那是十一月的一个晚上……

突然嘈杂点燃了寂静，

我们一跃而起，我们这些奴隶，我们这些狗屎，我们这些四蹄隐忍的畜生。

我们发了狂一般奔跑；枪声爆发……我们击打。汗和血让我们感到清凉。我们在叫喊声中击打而那叫声也变得尖利，随后一阵巨响从东边升起，那是马厩库房在燃烧，火光温柔溅在我们的脸颊。

那是向主人屋子发起的进攻。

有人从窗口射击

我们破门而入。

主人的卧室大开。主人的卧室灯火通明，而主人就在那儿神情十分平静……我们的人停下了……那是主人……我走进去。是你，他对我说，神情十分平静……是我，正是我，我对他说，这个好奴隶，这个忠心的奴隶，这个奴隶中的奴隶，一刹那他的眼睛忽然变作雨季两只受惊的蟑螂……我打下去，血溅出来：这便是如今我唯一记得的洗礼。

母 亲

你话语的子弹让我害怕,你沥青与埋伏的话语让我害怕。我惧怕你的话因为我无法用手握住它将它称量……这不是属于人类的语言。

它们全然不是可以放在手心里,不是可以在刻着道路的颤动天平上称量的话语……

母亲倒下了。

反抗者(弯腰向着已死或晕厥的女人)
女人,你的面孔比河水推动的浮石更衰颓
万分,万分
你的手指比磨盘碾碎的甘蔗更疲惫,
万分,万分
哦,你的手是皱起的甘蔗废渣,万分,万分,
哦,你的眼睛是迷失的星星万分,万分,
极其衰弱的母亲、枝叶凋零的母亲,你是一棵凤凰木如今只结出荚果。你是一株葫芦藤,只剩下一串果实……

停顿。

人 声

杀人犯,他杀掉了他的主人

人 声
杀人犯,魔鬼,他要杀掉他的母亲

人 声
处死杀人犯砍掉他的手

人 声
处死他,处死他,挖掉他的眼睛

人 声
没错,就挖掉他的眼睛。

反抗者(失明的)
夜的战马呵,载我离开。

歌 队
日子是蔓延的雨中一座紧闭的房屋
日子是下毒的夜里一座封闭的城池。

哦,苦役犯,哦,朝圣者,在没有门扉的雨和夜里

你弯下腰的脚步,我弯下腰的脚步,走在没有双手没有双耳的林间道路没有水也没有哨兵拷打的门环

反抗者

夜的战马啊载我离开……

        走向歌队。

我的孩子们我是一无所有的国王

歌 队

哦，国王，起来

反抗者

……一无所有

歌 队

哦，国王，起来

反抗者

沙漠的补衣匠们，为我施洗。

    他面朝下弯腰，双臂张开。一个人
      向他头顶与后颈撒上泥土。

柔软之土，我母亲的乳汁，我后颈上温暖的、丰饶的溪流，黑暗的半身，下令吧，引领吧……

      他将耳朵贴近地面。

哦，脚步声；马蹄声，爬行的幼虫在我双耳的河谷里膨胀……我受伤了。哦,哦,我受伤了。

他站起身。

夜的战马啊,载我离开。

男旁白

而现在黑色风暴的黑色摆渡人来临,黑色

时间与多雨偶然的哨兵

他不知其他唯有风暴

困在黑色旅行的黑色激情中

一个固执的老人,在失落的总体环流中

对命运发出脆弱的黑色叩问

可他的对手是风与岩石

而非他的性与他的心……

反抗者

走吧我不过是个败兵

离开吧

我已被割裂

被放弃被拒绝

我将自己献给绝对的风

我啊温暖血肉的失败收割者

激昂于海鸥宜人的胜利。

停顿。

你们可知道瓦加杜古①干土之城

歌　队

别这么说

反抗者

你们可知道杰内②红色城邦？

歌　队

别这么说

反抗者

你们可知道廷巴克图③？

---

① 瓦加杜古（Ouagadougou），今布基纳法索首都，公元11世纪建立的古都，后成为莫西王国（Royaume mossi）领土，并于15世纪成为其首都。
② 杰内（Djenné），位于今马里境内的古城，与廷巴克图同为重要的商业城市和穆斯林文化中心，城内建筑独具特色，杰内清真寺是苏丹-萨赫勒建筑风格的典型代表，1988年被联合国教科文组织列入世界文化遗产保护名录。
③ 廷巴克图（Tombouctou，又译通布图），历史古城，位于今西非马里共和国境内、尼日尔河北部。历史上陆续被加纳、马里与桑海三大帝国统治，16世纪在桑海帝国（Empire songhaï）发展达到顶峰，是文化与宗教中心。

歌　队
别说了，别说了……

反抗者
我张开我的手绢在海面上，在死亡的海面上。

我张开我的手绢，喂。

请借我一把阳伞去遮住瓦加杜古的阳光。

停顿。

因为一整夜我都在拉扯我的锁链

因为铁网因不断号叫已经嵌入我黑色闪光的皮肉

时分在我四周鱼贯而行

就像一队瘦饿的狼群

就像一群鞭笞

就像绳梯与社会阶级的死结

叛逆的仆从完美的受害者

钉在池沼额上的挑战书

我不与神明交谈

我不为附身者驱魔

你们还在等什么就将我唾弃

用数个世纪黏稠的唾液

酝酿了

三百零六年

太迟了已经太迟

我的朋友们我在此不为任何人

不为任何人

除非是那过度稀释星光也无法闪耀其中的洪水

除非是那双眼灼灼性器灼灼的淤泥

我颤动的苜蓿双眼里有少女们在奔跑

叮咚奏响她们泉水的蹄子

她们纤尘不染的树木之声

她们面饼平原的长上衣

而现在

我为我的葬礼订购

一群野水牛

一百种嘈杂的阉人祭品

一支飞刀投掷的红铜标枪

我的身躯我的身躯

担架我不会将伤员扔给山楂丛的野狗

月亮升起。

反抗者

腐烂的月亮

情郎女郎

树木异神

情郎女郎

山丘是个巨大的水桶不断落入断层的光

睫毛的光

大地的光

天空向鸡蛋花索要它的指纹

计数的世界统统终结

当然啦那是谎言我并不在

三王来朝现场；我拥有的不过我的话语

承蒙黄色土地和地震盆地

还有伤口正中开满鲜花的沼泽的恩泽

凤凰虎甲虫木豆树明亮的光

我火势盛大的话语

我击碎坟茔灰烬灯笼脸颊的话语

我不为任何化学反应驯服束缚的话语

我宏大野蛮不加掩饰的黑色欲望敏锐又褐棕。

         停顿。

哦嚯

他们的力量确实根深蒂固

后天习得

必要条件

我的双手浸在克莱林酒①的欧石楠间。浸在红木②的稻田中。

我带着我盛满巨星的葫芦。可我是虚弱的。哦，我很虚弱。

请帮助我。

而现在我重新回归形变之流

没入水中双目失明

恐惧自我，惧怕自我

诸神……你们不是神明。我是自由的。

你们的声音只向我投掷我自己声音的石块

你们的眼睛只在我四周笼罩我自己的火焰

你们在我头旁呼啸的飞刀也出自

我剧毒血液的仙人掌丛

无关紧要。柳树造出生锈的巴豆草地

一丈红将我环绕又从它们叶片的胆汁里吐出

记忆的

红色匕首

瞧啊现在少女也混入其中

---

① 克莱林酒（Clairin），产自海地的一种蒸馏酒，由甘蔗制成，其工艺与朗姆酒相近。
② 红木（roucou），学名 Bixa orellana，又称胭脂树，红木科红木属，南美及安的列斯地区热带植物。加勒比地区会用其制作香料及食物染料。

瞧啊她们这些燃烧的火女

来自地狱的鸡油菌

红丝绸蝴蝶翅膀比话语比黑夜更响亮

它们的尾部用探照灯扫过黑夜

喷火器向荆棘丛中放一把大火在它们的胸

它们的腰

它们棕色乳汁黑蜜与红蜜的大腿上

嘿吼仁爱老爹

放火吧放把火

放火吧用您火红的四肢

用您火红的头发用您火红的双脚

用您红色的性器将火红的山崖点燃

蓬巴亚①

蓬巴亚

他晕倒了。

半个歌队

他背靠着白昼

---

① 蓬巴亚（bombaïa），或指波多黎各及委内瑞拉地区的一种非洲鼓。参见 Aimé Césaire, *The Complete poetry of Aimé Césaire,* Bilingual Edition, A. James Arnold and Clayton Eshleman, trans., Connecticut, Wesleyan University Press, 2017, p. 920。

半个歌队

他背靠着黑夜

半个歌队

我记得那些夜晚,黄昏是一只青绿的蜂鸟陶然于红色木槿中。

半个歌队

黄昏颤动而脆弱在修补废铁的蝗虫间徘徊。

女旁白

睡吧。

男旁白

让他睡吧。

歌　队

矮丘,腰间系着河流的长袍。

女旁白

睡吧。

男旁白

让他睡吧。

歌　队

四月的芒果树，发亮的兵器，数座岛屿。

男旁白

让他在睡梦的美丽荚瓣中成熟。

女旁白

让他睡吧，

他的梦里有数座岛屿，这些岛就像太阳，这些岛就像一条长面包落在水面上，这些岛就像女人的胸脯，这些岛就像整洁的床，岛屿温和好像手掌，岛屿内里衬着平原和女人……啊，让他睡吧……睡吧……

反抗者（努力起身又摔倒）

让我，便让我尽情发出反抗烂醉的嘶吼，我要赤条条只留下我的皮囊，

谁都无权为我穿衣，

难道我不能独自活在我白骨的四壁间？

所以我抗议所以我不欢迎任何来客，这最是

吓人，

每迈出一步我都被牵制

无论河谷、山峰、牧豆树①，嘴里嚼着甘蔗，吸着侯购谍②果……

此刻我们正竖立的雕像，同志们，是所有雕像中最美的一座。对于那些纯粹的心来说，它们手臂上有我们巨大的绝望，在沉重又一扫飞鸟的空气中不断颤抖，这是所有雕像中最美的一座，不长荨麻刺的唯一一座：孤独

疯女乙

安静，狗儿；就此死去吧。够了，够了。

女旁白

让他睡吧。便让沙做的鼠海豚在风暴的高大碎片间走向青春奔腾的海沫……

男旁白

一匹骏马……空马镫不停拍打着马腹。

---

① 牧豆树（bayahonde），学名 Prosopis juliflora，豆科含羞草族牧豆树属，热带美洲植物。
② 侯购谍（cirouelle），学名 Spondias purpurea，漆树科槟榔青属，果实可生食。

女旁白

我徒然睁开双眼,我的路上没有脚印,我的眼中没有辙痕,友爱如此广阔:一片海芋的黄昏满是花粉的饥肠与飞鸟的癫狂。

男旁白(悄声地)

我在做梦吗?这儿有座被宣布的城市,海豚嬉戏与酒椰果实为它铺路,它敏感的胸膛上刻着友爱的每一丝曲折……

女旁白

哦,我从不做梦……现在空气变得轻盈。数世纪来弱不可闻的声音传入我耳中。而我会将它们迎入我沉默的胸膛直到在我脚下这条喘不过气的美鱼挣扎着迎来它最是金黄光滑的野兽茂盛的死亡……复仇……

歌　队

我是那神圣的鼓手,他迎着试探的光与恶臭动作坚定击打他的木掌与木槌,他是黎明与神明的君王,他是钓起深处黑色事物的棕红渔夫。

半个歌队(出神地)

……那时水的皮肤上一块金与玫瑰的太阳斑正在

成熟。

半个歌队（出神地）

哦，哦，那时有一条鲑肉色九重葛和一棵棕榈树的浅灰长影一条口含蓝色毒液的藤蔓以绞杀拥抱。

歌　队

一个公正的黎明敲打着微笑

一个公正的黎明敲打着希望

一个公正的黎明用比犁铲更光亮的简单话语敲打……

而对我们来说总是雨季

有毒动物的季节

满怀希望崩溃的怀胎女人的季节……

歌　队

你起来了？

反抗者

我起来了。

歌　队

你恰如其分地起来了？

反抗者

恰如其分

歌　队

果真如此；千真万确向落叶问好

反抗者

牢狱的黑暗我向您问好。

一个男狱卒（对观众）

你们瞧他，如愿以偿落得这副滑稽模样，神色狼狈，面庞溃烂，双手畏寒，一群野人虚伪狡猾的首领，一个恶魔种族绝望的头人，满心算计的奸诈小人，疯疯癫癫精神失常。

反抗者

像一面旗帜被高挂在国家顶端，我不哭喊，我呼唤。

男狱卒

我们已经消灭了回声，你的话语会像垃圾一般燃烧殆尽。

反抗者

我为一个被征服的民族引进了硫磺与岩浆之树

大地的种族匍匐在地的种族为所有腿脚所熟知

刚果和密西西比河请淌出黄金

淌出鲜血

大地的种族,灰烬的种族前进

前行的腿脚在硝石块中爆发

男狱卒

你必将付出代价,饥饿、孤独、绝望的囚徒

反抗者

不。风景用它字母表的乌头草给我下毒。就算瞎盲,我也猜得出我的眼睛而我看见老黑人头的云朵在广场上被活生生车裂,低矮的天空是一个闷火箱,风儿吹动重担与汗流浃背的哀嚎,风儿沾染鞭子与木桶而被吊死的人挂满人帽兰①的天空还有皮毛血淋淋的看门狗还有耳朵……耳朵……被割下的耳朵做成小船飘在夕阳之中。

---

① 人帽兰(acéras),学名 Orchis anthropophora,红门兰属,花序上有数朵花密生,花形似人,花瓣像人的四肢,花萼像帽子,故而与前文吊死者的意象相呼应,此处为保留此意象取其别名。

走吧人类，我独自一人，大海是我苦刑犯脚上的镣环。

歌　队

慈悲，发发慈悲

反抗者

谁在说慈悲？

是谁妄图用这唐突的词语抹去黑与火的图景？是谁请求开恩？

我可向我的盲眼请求开恩？

难道我不正饱受这无可救药的幻视折磨？

而我无需鱼叉。而我不要巨斧。

无需宽恕。

我怀着我的心重新捞起非洲埋藏在我深处的古老火石、陈旧火绒。

我恨你。我恨你们。

而我的恨永生不死。

只要肥胖的太阳依然骑在大地这匹劣等老马之上。

现在鲜活的过去覆上新叶。

过去的叶子裂开就像一叶芭蕉。

脑袋剥去头皮、长着幼虫钟表与齿轮大脑的灾难
在偶然发生的寓言,
在偶然发生的赎罪牺牲间
等待着
磁性的碎语翻起的眼睛。
自由,自由,
我会鼓起勇气独自忍受这颗受伤大脑的强光。

使者进场。

歌 队
啊,来者正是那贪婪种族的尊贵使者。
金银织出他们苍白的脸庞。
对猎物的守候钩起他们野兽的鼻子
钢铁光泽在他们冷酷的眼中筑巢
啊,这是毫不柔滑的种族。

使 者
你好。

反抗者
哦,我草草搭就破墙的四肢
你们切勿因疲乏与寒冷熄灭

我冒着烟的呐喊我落入陷阱的困兽安然无恙的呐喊。

使 者
我说你好。

反抗者
谁在叫我？我在听又不在听。

我的脑袋里有一条河满是淤泥欧白鱼混沌发绿的东西，还有死鸟，黄肚鸟①，

还有紧贴着被塞住的嘴此起彼伏的猫叫声

烈焰画成我扭曲的年月

沼泽火山口被强奸少女的转盘

我的耳朵里有

早晨交通壕里的行刑队。

男旁白
一声战争的号角掠过空中：它咳出灰尘与硝烟。

---

① 黄肚鸟（ventre jaune），或指曲嘴森莺（Sucrier à ventre jaune），学名 Coereba flaveola，雀形目唐纳雀科鸟类，肚皮为黄色，主要分布于中美洲、南美洲部分地区。

男旁白

猴群在人面的狮子四周上蹿下跳。

反抗者

我的朋友们我无所畏惧

今天是结盟的一日。

我的唇上有发苦的日子,芒果掉落凄凉地掉落,花儿好像被活埋的人一样回应愈发虚弱,但今天我得安息,麻黄向我示意,大海的全部酒窝都向我微笑而每一棵芒齐涅拉树都杀死自己又同时生作吉祥的橄榄树。

迎战的日子啊欢迎。

停顿。

嘿,你在这儿呀尊贵的使者。

想必是我们嗅觉非凡的主人嗅出了附近宝藏的气味派你来听取我们倾吐的小秘密……好极了……这速度连追逐羚羊的麝猫都赶不上。

停顿。

咽下你的口信吧

我愿死在这里

独自一人

得了,别摆出这副表情

你的口信我了然于心……

我自由了,对吗?

但是殖民主甘蔗克莱林酒可可豆咖啡的合法所有人

会在我们懒惰的每个角落支起清单与安息的嘴脸

他还会为我们的黑女人造出许多混血小孩

这就是所谓的和平

嗯?

然后还有

以滑稽口吻模仿着。

一群混蛋,滚回去工作,

手脚不够麻利就有你们好看……

安乐蜥会在你们脚板吸血……雀鹰[①]会啄食你们的肝脏……塔菲亚酒[②]会在你们嗓子里孵出白蚁……胡峰会在你们眼里筑巢……直到有朝一日你们死了(因为劣质脂肪与无所事事),你们这些坏黑人也注定要在不长猴面包树的月亮上种甘蔗除杂草……是的,就是这样……当然我们会生出白蚁的耐心,还有和善,螃蟹的和善,被人当头踢上一脚也只知后退,还

[①] 雀鹰(Menfenil),克里奥尔语中又称 Malfini,可能指雀鹰,或隼科隼属或鹰科鵟属的一种猛禽,背部羽毛为黑色,是马提尼克最大的猛禽。
[②] 塔菲亚酒(le tafia),安的列斯群岛以甘蔗为原料生产的烈酒。

有温顺，星星的温顺，蜱虫的温顺，在云的脚跟下裂成碎片。

          发狂地。

哦，别管我，别管我。我愿比眼睛渐变的合欢花一次颤动更微小……比海底的角软珊瑚①更隐秘，比深渊的羽枝藻②更轻盈。

          憎恶地。

好啦，滚吧明天来也白搭……就这样……

你也明白……我敢肯定……还是一个人待着更好……

也别见怪啊……我会不由分说地发出黑人的呐喊哪怕世界的底座也要为之颤动。

         使者后退着出去了。

女旁白

我说这国度是块溃疡。

---

① 角软珊瑚（cornulaire），系珊瑚亚门（Anthozoa）八放珊瑚纲（Octocorallia）软珊瑚目（Alcyonacea）根枝珊瑚亚目（Stolonifera）角软珊瑚科（Cornulariidae）角软珊瑚属（Cornularia）珊瑚。法国博物学家拉马克描述为"底层固定角状珊瑚骨，单枝呈漏斗状、直立、内有珊瑚虫"。(Jean Baptiste Pierre Antoine de Monet de Lamarck, *Histoire naturelle des animaux sans vertèbres: histoire des polypes*, J.B. Baillière, 1836, p. 127—128.) 中文译名参考"中国生物志库"数据库信息（https://species.sciencereading.cn/）。
② 羽枝藻（plumaria），或指红藻门（Rhodophyta）仙菜目（Ceramiales）软毛藻科（Wrangeliaceae）的一个属类。

男旁白

我说这大地在燃烧。

女旁白

警告：用手摩擦这国度的树脂的人有难了。

男旁白

我说这国度正可怖地吞食

女旁白

这国度被诅咒了

这国度呕出古巴钩虫正打着呵欠，一张空洞叫嚷的巨口

男旁白

这国度正撕咬：喉头冒火巨口大张火的獠牙合力咬上邪恶美洲的后臀。

女旁白

在跃动的海浪边缘我行走于回旋的春水之上我发现天空高悬我哨兵的双眼；所向披靡的失眠如叛逆般膨胀沿着举尖底双耳瓮女人的自由脉搏不断扩张，水

瓶，水瓶新芽的风暴，烧水壶。

反抗者

我用双手解开我的思绪它们是从不挛缩的藤蔓，我向我完整的博爱问好。

大河将它们的柽柳猴嘴伸入我的血肉

森林在我肌肉的红树果里萌发

我鲜血的浪花在礁石边歌唱，

我闭上眼睛

我的手里有我所有的财富

我所有的泥沼

我所有的火山

我的河流一条条挂在脖上就像长蛇与珍贵的锁链

男旁白

他在大河的咆哮中站立……一百名战士从黄金河岸向他投掷一百支标枪……他的胸膛上有新月的疤痕。

女旁白

迎战的日子到了。

反抗者赤身裸体。左手握着稻草编的盾牌……

他停下,他爬行……他一动不动单膝跪地……身躯倾倒像一面高墙。标枪被举起……

此时有一队中世纪非洲人冲上舞台:他们奇迹般重建起古老的贝宁文明与加奥文明①。

诱惑声甲

我的声音揉皱了丝绸话语

我的声音吹动了一伞羽毛

我无季节的声音在水池间挖凿

一千个和谐的梦境

我睫毛的声音将一千只凯旋的昆虫打磨得锋利得当

我的声音是一只熊熊燃烧的美丽黄金鸟

平纹织布天空欲望不炫耀的小鸟

我谦卑的声音在碧玉与埃克巴坦纳②的卵石上推动无畏的白鸽水流……

---

① 加奥文明(Gao),指加奥帝国,围绕尼日尔河畔加奥城建立起的国家,西非最强盛的帝国之一。
② 埃克巴坦纳(Ecbatane),中亚历史古城,位于今伊朗境内哈马丹省,古波斯语称哈马丹。

反抗者

是哪个藏在暗处的女人用金银将我穿透又用危险的陌生爱抚将我包围?

男旁白

我用骰子问过神意。我说你的体内住着一个窄床上沉睡的王族。

反抗者

我说我们已为世界敲响全新的钟声我们敲响了三个黄金词语……

诱惑声甲

哈哈哈,词语不过是词语:你可要金钱?头衔?土地?国王……不错……你会当上国王……我向你发誓你会加冕为王。

反抗者

我退出一只脚
哦我退出另一只脚
让我清净别用诺言将我侮辱别为我洗去死尸与烂泥的鸟胶……

诱惑声乙

……一个国王这会是怎样的经历。的确你体内有什么东西永远无法屈服,一股怒火,一份渴望,一种绝望,一种迫切,还有轻蔑,一股暴力的冲动……确实你的血管里流淌的是黄金不是污泥,是骄傲而非顺从。国王你曾是一位国王。

反抗者

夜的庆典
被劈开的房屋亮出它们抽象的切口有蛇
枪头蛇和玻璃花窗的形状
城市一座座跳起如同患了黑呕病的绵羊
涨水的河流孔雀般耀武扬威
在破口的堤坝上
一扇扇窗户向永远敞开
请停止拷打混乱封堵的天堂巡游
海边一片朗姆酒与走私的田野
用筑了巢的太阳
让白日光滑的狂热倍增。

歌　队

博尔努、索科托贝宁与达荷美锡卡索

锡卡索①

我发出集结的号令：天空与胸膛、细雨与珍珠、播撒黄金钥匙。

反抗者

马提尼克牙买加
所有幻景所有宝石蜂鸟②
都无法从昏睡的遗忘中奏响
点火的枪声糟蹋的鲜血钢铁的歌
耶利哥玫瑰友爱的深渊

歌　队

你无法逃离你的法则那是统治的法则

---

① 此处所列举均为非洲历史文化地名。博尔努（Bornou，又译博尔诺），乍得湖西南部地区，加奈姆—博尔努帝国（le Royaume du Kanem-Bornou）的一部分。博尔努首先作为加奈姆帝国的附属国存在，14世纪加奈姆帝国衰落后，以独立的博尔努苏丹国形式存在，并迁都博尔努。主要从事奴隶、盐巴与牲畜贸易。17—18世纪成为伊斯兰教的一个学术中心。索科托（Sokoto），今尼日利亚西北部城市，索科托帝国（l'Empire de Sokoto，又称索科托哈里发国、索科托苏丹国）首都。索科托帝国系19世纪强大的伊斯兰国家，由奥斯曼·丹·福迪奥（Ousman dan Fodio）在富拉尼战争期间创立，1903年被英国占领。锡卡索（Sikasso），今马里第二大城市，克纳杜古王国（Royaume de Kénéougou，又译肯内杜古、肯尼杜、凯内杜古等）首都，1898年王国被法国占领。
② 宝石蜂鸟（lampornis），雨燕目蜂鸟科的一个属。

反抗者

这便是我的法则戴着无缺的锁链我一路追逐直至火流交汇处这火让我蒸发将我净化把我燃烧透过我金汞齐的棱镜

歌 队

灰烬的滋味;丧礼的吻;月相亏缺,国王隐藏。

反抗者

我不愿做那芬芳的种子其中凝聚又上演被缴械的玫瑰数不清的献祭

男旁白

你会死的

女旁白

哎呀你会死的

反抗者

就让我去死。但要赤身裸体。一尘不染。

我的手握在手里,我的脚踩着大地,

陷于水底与困境是谁在这深沉的覆灭中融入

夕阳？

被含糊词句杀死的世界，为自己的闲言碎语网住的世界，缓缓沉没。

赤裸一如水流

赤裸一如正午独角的目光

一如嘶吼与撕咬

我用低沉的水汽澄清

不感恩也不忘恩负义的世界

那里的思想毫无歧义是一朵蝴蝶心的花朵

我要不带邮戳的宇宙里一个赤裸的世界

那里我也年轻，满是青春活力，我有门窗之前的童年，跟随目光与时光奠酒与燔祭的童年。

我身赤裸

乱石里我身赤裸

让我死去

女旁白

别着急我看着，我看过。

我的极地脑袋吞下尸体微光破碎头盔无法安息的碎片

反抗者

我不是一条章鱼。我不会朝死亡脸上吐出黑夜与

浓墨

女旁白
一个可怕的姑娘打破她灾难的贝壳,郊狼猎手们从欢快苦艾的茅屋里苏醒

反抗者
你们靠近些细长的火焰,一浪浪颤抖。让火的香气在我头脑四周投掷标枪。

女旁白
现在只剩下一个迷失的人,一场悲剧就像寻常暴乱与闪电旷野中一根棕榈树桩。他浑浊的眼睛冲向不见阴影与水的草原

而他咀嚼阴影与水

一段他拒绝售卖的祈祷文

反抗者
……我眼镜蛇的祈祷文……我大海的森林深处海鳝的祈祷文

我天空的荆棘丛里仙人掌乳汁的祈祷文……

女旁白

……我看见桥梁都被切断……

星星也切开了它们沙的伤口

反抗者

哈,哈

我们再看不见了

哈,哈,

我们都瞎了眼

神与恐惧的恩惠让我们盲目

而你在全新的草叶间一无所见?

在大地的颠簸间在植物抽动的喧嚣里

在大海里一无所见?

我看见,我听见……我要说……

哦,太阳吸血鬼新吸出我的鲜血

哦,夜的海盗船向我的礁石突袭而我的黎明在它们嘴脸下炸响正午与海鸥轰隆,

绑住我,

践踏我。谋杀我。太迟了。

短暂的平静中响起出巢的时刻

还有下锚的信号灯

嗅探的时刻响起

又蔓延向我轻抚的双手

烈火在蔓延

我也一样我是火焰

我是时分

我听见风的话语

我发干的喉头有飞落的火舌

歌　队（充当人群）

他是王……虽无人加冕，但毫无疑问他是国王……

真正的拉密铎①……且看他的卫队……银色甲胄在夕阳下火光煌煌

男旁白

国王发冷……国王打颤……国王虚咳

人群—歌队

我的回忆疯长出焚香与钟声……蓝色尼日尔……金色刚果河……洛贡河②裹着泥沙……巨羚跃起……

---

① 拉密铎（lamido），西非富拉语中"国王""伟大君王"的音译。
② 洛贡河（Logone），中非河流，系沙里河（Chari）的主要支流，源自中非共和国南部，部分河段为今乍得与喀麦隆的国境线。

还有钴蓝夜色里春黍的姑娘

男旁白
我的回忆哭嚎劫掠……枷锁……林中小路……奴隶收容所……黑奴船。

半个歌队
他们用红铁在我们身上烙上标记……

反抗者
然后他们把我们畜生般售卖,他们数过我们的牙……他们拍打我们的阴囊,查看皮肤光亮还是松弛,他们摸过称过掂量我们的价格,然后又在我们被驯服野兽的脖颈套上奴仆与绰号的绳索。

男旁白
起风了。
稀树草原发狂般裂作轻羽的荣光……我听见主人屋里传来孩子的哭喊……

反抗者
我听见黑茅屋里传来孩子的哭喊……巨大肚脐四

周结起疙疙瘩瘩的小肚皮，因着饥饿因着土做的黑糊因着眼泪鼻涕尿水而涨起

男旁白

以你们灵魂的池沼里所有粉碎的欲望之名

女旁白

以你们心中所有疲懒的梦想之名我歌颂处死公牛的斗牛士钢铁般的动作

男旁白

我歌颂鱼叉手发咸的动作现在鲸鱼吐出最后一口气。

歌 队

一只鸟和它的微笑……一艘船和它的根脉……天际与它宝石的头发……一个面带青草笑容的年轻姑娘将白日的葡萄酒、黑夜的石头撕成一片片细小的云雀……

反抗者

够了，

我害怕我孤身一人

我的森林没有耳朵我的河流没有血肉

陌生的轻帆船在夜里徘徊。

是你吗哥伦布？黑奴船长？是你吗老海盗老海盗船？

黑夜随坍塌的碎石堆积不断升高。

哥伦布，哥伦布，

回答我你回答我：

美丽宛如正午两座山峰的阴影子宫

群岛

横卧管风琴的喧嚣

风暴口上交叠的玻璃灯罩祭品

牧群与蜈蚣行进中舰船荒唐做下的致命准备

是我今夜发誓要将一整座森林汇集成凄厉尖叫的年轮

哥伦布，哥伦布，

    回声。声音甲（讥讽地）

祖国的复兴者永享荣光

    回声。声音乙（讥讽地）

人民的教育者永享荣光与感恩

回声。唱诗班（高唱着）

护佑总督 [1]

反抗者

幸福之岛；

王后的花园

我任由自己在旋风香料与圣像的夜里漂泊

而海藻用它稚童的小手攥住我未来沉船的象鸣

唱诗班（高唱着）

护佑城邦奠基人 [2]

反抗者

一座高塔

墙上有裂痕；我看见头顶彗星划过

一座森林满是狼群

而它们头戴主教帽在其中游荡

一盘毒香菇的佳肴

而它们纷纷贪婪地扑上前

---

[1] 护佑总督（salvum fac gubernatorem），原文为拉丁文，模仿赞美诗。
[2] 护佑城邦奠基人（salvum fac civitatis fundatorem），原文为拉丁文。

隐形的唱诗班（更高声地唱着）

护佑……

反抗者

你们走吧

走吧

我怜悯的鼠群

发现船已腐朽的鼠群

走吧平静地离开

从这里带走你们画出的骨架

你们善意的骨架。

唱诗班（高唱着）

护佑自由的缔造者 ①

反抗者

　一只猴子，我是一只猴子挤眉弄眼为停靠处招来水洼招来绝望饥饿复仇隐忍不发的火药库招来有核海难，招来难以启齿的祈祷

　而我质问的正是你

―――――――

① 护佑自由的缔造者（salvum fac libertatis aedificatorem），原文为拉丁文。

风呵
奇形怪状的鸟粪画出平静的脸庞
沙漠之风中有仙人掌与斯芬克斯挺立
饱受灾难
你可曾听见什么?

男旁白(讥讽地)
命运的无敌舰队

女旁白
哦,一道道堤坝升起:

反抗者
此处便是我的避风港 ①

女旁白
……一波鼠海豚一波护卫舰一波哭丧女与掘墓人的默契先锋队

  舞台上走来不同修会的牧师狂热地赐福。

---

① 避风港(querencia),西班牙语词,指斗牛时斗兽场中牛感到安全的场所,也指对人或动物对家、对旧巢的眷恋之情。

反抗者

见鬼,

滚开,你们这些鬼东西

这群刽子手难道都不在砧板上试试他们的斧头?

这群猛禽难道都不压迫它们的黑眼圈?可是为了将你们看清今夜那些金字塔踮着脚尖升起?

男旁白

此时此刻流动的夜里无声的陷阱开始运行

女旁白

此时此刻狠手杀害的墙上投下阴影

男旁白

此时此刻扫去了昆虫与寄生虫所有话语都美丽而致命

女旁白

此时此刻杀戮之雨磨尖了田野上每块石头的白牙

歌　队

人类,今天所有的话语都为了你

人类，人的所有话语都凝视着你

反抗者

而我，我要高喊，直到世界尽头都听到我的声音
（他高喊）

我的孩子，我的孩子。

男旁白

孩子来了

反抗者

三个黑孩子在我眼里嬉戏

狗群唤来他们

而我手中有洞开的星系击中

呻吟

麻风病

象皮病

不予起诉否定正义私刑慢性死亡的风景

皮卡尼尼①

---

① 皮卡尼尼（pikaninie），在加勒比海西印度群岛洋泾浜英语中对孩子的称呼，也在北美一些语境中指对黑人小孩的蔑称。

皮卡尼尼

还有你们未被驯服的笑声

幼虫的笑声

卵的笑声

你们的笑声他们钢铁中的稻草

你们的笑声墙上的裂痕

你们的笑声他们教条中的癫狂

你们的笑声不知不觉刻上了硬币

你们无可救药的笑声

你们的笑声是眩晕城市也会着魔崩塌

你们的笑声是定时炸弹埋在主人脚下

大嘴鸟

灾难之风

淋过烈性利口酒

阳光啃食的皮卡尼尼

小心不祥的太阳斑

小心太阳癌它爬进你们心灵

直至破灭了

你们赤脚的笑声

世界

被撵过的母鸡发狂扑腾

        他疯狂地笑着。

女旁白

孩子来了

男旁白

孩子来了

歌　队

注意孩子来了

反抗者

好啊：我想要火炬于是我的孩子来了

女旁白

注意孩子来了

反抗者

一份宝藏，但向他们索要失窃宝藏的人是我，

我要用我昏花的眼睛，用我发臭的口气，用我盲人的手指在锁孔里

估量

啊，在他们的平静他们的尊严他们的平衡他们的动作他们的噪声他们的和谐他们的节制之下计算

还需要多少我的神经质

我的恐慌

我永恒流浪汉的呐喊与我满是汗水的脸上一粒粒汗珠才能完成这一切,我的孩子

最狂热的音乐。

牢房四周围满拿着火炬的人群,不停发出叫骂诅咒声。铁栏杆后站着反抗者。

一名演讲者(指着反抗者)

同志们听我说这个人才是人民公敌是破坏者。难道我们的糟心事还不够多吗?当然啦过去我们不幸福。但如今,同志们,整日应付战争和主人的报复,我们就快乐吗?所以我说他背叛了我们。

反抗者

毒蝎子桶。

人群-歌队

处死他。

反抗者

懦夫们我在你们的声音里听见缰绳的摩擦声。

人群-歌队

处死他,处死他。

反抗者

你们的声音里有对马嘴套的怀恋

人群-歌队

死刑,死刑。

反抗者

啊,我怜悯你们腐朽的灵魂:全世界全部的衰老都落上你们吃人的青春不带希望也不带绝望……

人群-歌队

杀,杀,杀死他。

反抗者

不幸会落到你们的头上。而留给我的,哦,死亡,双手冰冷的士兵。

人群-歌队

和平万岁。

反抗者

复仇① 万岁

山川也会颤抖就像钳子下的牙

星星也会坠落地面砸烂它们孕妇的前额……

人群-歌队

听他说的话,听他说的话……

反抗者

……停转的太阳会在夜里造出灾难的巨大椰子树……

歌　队

可恨,可恨。

反抗者

啊,你们尽可离开,但你们会感受到你们愚钝的灵魂之上我词语的撕咬

因为,你们谨记我始终将你们如猎物般窥伺……

而我注视你们而我在你们的谎言与懦弱中剥下你

---

① 复仇(Vengeance),首字母大写。

们的伪装

　　自命不凡渺小伪善又顺从的走狗

　　奴隶和奴隶的子孙

　　你们丧失了抗议愤怒哀号的力量

　　只知面面相觑在发臭的愚昧中苟活什么也不能沸腾你们的血除了眼看着

　　只剩半杯的安的列斯朗姆酒闪烁……

　　鳕鱼的灵魂。

人群-歌队

好样的，好样的

反抗者

我的朋友们

　　我曾梦见光明梦见金色旗帜梦见紫红的安眠梦见闪光的

　　苏醒梦见猞猁的毛皮

人群-歌队

好样的，处死独裁者。

反抗者

的确从终结与开始窒息的地下墓穴里

死亡向他们冲锋就好像一群奔流的疯马,就好像一群嗡飞的蚊蝇……

男狱卒

安静。

反抗者

好了,善心的人们,不错,我惹你们心烦……而你们想让我闭嘴……就让我害怕吧,就让我恐惧,我胆小如鼠,这你们清楚:从那最初的恐慌起我就为所有的恐惧而颤抖

男狱卒

恶徒。

反抗者

让我害怕,让我恐惧,听到了吧。况且你们有的是好办法:用绳子勒紧我的额头,架起双手把我吊起,用烧红的铁铲烫我的双脚。

男狱卒

给我闭嘴,见鬼。

反抗者
用烧得通红的铁锁刺穿我的嘴巴

女狱卒
他诱惑我

反抗者
在我肩头烙上一朵百合花,一把牢笼锁,或是简简单单你们姓名的花体首字母……是的……或者一面旗帜……或者一门大炮……或者一个十字架……或者一朵三叶草

男狱卒
地狱里的所有魔鬼都在他黑猪的糙皮下煽风点火

反抗者
……又或是花体数字又或是拉丁铭文

男狱卒
够了。

反抗者
他们向来精益求精。你们别恼,基督受洗时我并

不在场

男狱卒

这一点肉眼可见

反抗者

而我有罪我嘲笑了挪亚我赤裸的祖先我沉醉的祖先

而我有罪在晦暗的夜里、深沉的夜里我却耽于爱情。

女狱卒

抽他，打他，给他的臭皮囊好看

反抗者

女人你是谁？

我也见过些女人。

女狱卒

哎，这无赖他侮辱我：这流氓他侮辱我你听见了吗？

男狱卒
放肆，令人作呕，下流猴子

      他对他一通抽打；女人也在抽打他。

歌　队
便让血横流

半个歌队
便让圣餐酒横流

歌　队
我不会哀鸣

半个歌队
哦，丰盛肮脏的血更胜蜂蜜甘甜

反抗者
国王……跟着我说：国王

这死去的世界所有的暴行

被鞭打，被喂给野兽

脖子挂上绳索在路上被拖行

被浇上汽油

而我身穿地狱服① 等着火刑时刻

而我喝着尿液,被践踏、被背叛、被出卖

而我吃着粪便

而我获得了发声的力量

高亢更胜河流

强大更胜灾难

男狱卒

瞧啊他不拿我们当回事这黑家伙……不过他肯定在装疯卖傻。

再用力些,再用力些……

他抽打。

反抗者

打吧……抽吧牢头……直到抽打出血……从这沟壑里生出一个没有哀嚎的种族……抽打吧直至筋疲力尽。

女狱卒

木头;瞧这木头。他就是块木头,要我说……这

---

① 地狱服(san-benito),被宗教裁判所判处火刑的人所穿的黄色衣服。

些黑人真是奇怪的种族……你以为我们的鞭打会让他难过？无论如何这也不留印子（她抽打着）。哦，哦，他流血了。

男狱卒

他是想吓唬我们，我们走吧……

女狱卒

啊，他纯粹是胡说八道……简直笑死人……这场面还挺滑稽黑皮上流着红血。

反抗者（跳起身）

被砍下的手……喷射的脑浆……发软的尸体
为什么还停在毒蝎雨中？
不同时间徘徊的食蚁兽在城市街面上舔食海蓝宝石之蚁。负鼠们在春秋分的联结处寻找着
　一棵红树一棵银树
　一份意志在命运泥泞的乳香与萤火虫的躲藏间蠢动

他哀嚎着倒了下去。

女旁白

何等的夜；何等的风：就好像这风与夜激烈缠

斗：一片片黑影随一整块天空陷落而疾风的骑兵腾起猎猎飘动成千上万的呢布斗篷

      风送来黑人圣歌片段。

反抗者

一切烟消云散，一切土崩瓦解

我在乎的只有我记忆的天空

我剩下的只有一级又一级下行的台阶

我剩下的只有偷来的火种一朵娇小的玫瑰

一阵赤裸女人的芳香

一个剧烈爆发的国度

一声冰川的大笑

一串绝望珍珠的项链

一本过期的日历

那醉人亵渎的气味、眩晕与奢华

东方的三王

三重轧花眼皮保护的眼睛

灰色正午之盐

从一条又一条荆棘中酿造一条窄路

一道野径

悔恨与期待的矿藏

困在黑血石头疯狂循环中的鬼影

我渴了

哦，我无比饥渴

寻着和平与绿色的光明

一整个珍珠季我都扎进

下水管道

看不见一丝

燃烧的火星

女旁白

　　石头砸碎的诅咒睁着蛤蟆沉重的眼睛横在马路中央抽动；一声荒唐的巨响从天而降把岛屿撼动，悲剧的白骨不自然地展开，一汪凝滞肮脏的黑夜环绕着世界。

歌　队

我还记得诸岛的早晨

晨光轻揉杏仁与玻璃

鸫鸟[①] 在豆果树[②] 上欢笑

[①] 鸫鸟（grive），在安的列斯地区 grive 一词可指代雀形目鸫科或嘲鸫科的不同鸟类，如林鸫（Turdus lherminieri）、珠眼嘲鸫（Margarops fuscatus）等。
[②] 豆果树（arbre à graines），字面意为"结豆果的树"，安的列斯地区对树木的俗称，可能指豆科银合欢（Leucaena）或皂荚属树木。

连甘蔗汁也不再难闻

不

在这果香的早晨

反抗者

我追寻我力量的踪迹就像一个人在荆棘地里寻找庞大牧群消失的踪迹而我走进没过膝盖血的高草丛中。

面容敦厚的可怜神明,太长的臂膀被逐出朗姆酒天堂,蝙蝠与梦游的猎狗侵扰着落满灰尘的手掌

升腾吧,浓烟,照亮那灾难……

我的血淌过秘密的走廊,淌过战场敞开的大地上

而

我前进,金漆剥落的苍蝇不知餍足的巨大恶角① 昆虫

为我锯齿骷髅的美味吸引

太阳栅栏里有我被残忍杀害的尸体遗存

男旁白

碎尸万段、散落四方

---

① 恶角(malicorne),可能是塞泽尔自创新词,由 mali(邪恶的、坏的)与 corne(角、尖端)构成。

在一片片土地一团团荆棘丛中
开膛破肚的诗
如鸽子迁徙,满身烈酒而燃烧……

女旁白

岛在流血

男旁白

岛在流血

女旁白

凄惨孤独与恶臭野扁豆①的死路

反抗者

凯门鳄火炬旗帜
还有橡胶树挺立的亚马逊
而天空温暖的腐殖土里落进一个个翅果般的月亮
我的灵魂在大漩涡正中游弋
这儿有奇特的花押字母正发芽

---

① 野扁豆(herbe puante),指原产于美洲热带地区的望江南(Senna occidentalis),字面意思为"发臭的草"。

一个溺水者的阳具一根胫骨一根胸骨
    此时监狱里飘来幻象的巨大黑影
      与噩梦般阴暗的现实。

暗处的声音甲

哦,国王

暗处的声音乙

哦,国王,起来

低语甲

黑夜之马

低语乙

带他离开,带他离开

反抗者

他们是不是觉得已经把我抓住就像一头母野猪一头野猪崽?

就像一颗孤芽把我连根拔起?

虽被击垮了,

非洲,树叶之下依然藏着我

丰富的癫狂；
我在一颗颗愤怒的心腔护佑下握着
混乱的钥匙
而一切都将被摧毁
硫磺我的兄弟，硫磺我的鲜血
会在最骄傲的城市蔓延
它优雅的魅力
驳斥我也是徒劳
我一概不听
一概听不见除了城市接连涌起灾难的声音

天音甲
阴影的向日葵，低下你罗盘的脸庞向着最黑暗的时刻……

天音乙
便为我造出酷刑，便去吹响象牙号角，绳索，绳索

歌队（低声地）
我的手在此。我的手在此
我新鲜的手掌，我血水喷薄的手掌
我海藻与碘的手

我光与复仇的手……

反抗者

地上的神明,好心的神明

我用我无力的双颚带着

鲜活血肉的嗡鸣

我来了……

             停顿。

一阵枷锁的铁链声从海中升起……

大海的绿肚中传来一阵溺水者的咕嘟声……火的

噼啪与鞭子噼啪,被害人的哭喊……

……大海在燃烧

不如说那是我血的乱麻在燃烧

哦,呐喊声……总有矮丘迸发的呐喊声……还有
发情的鼓和徒然刮起的风带来发霉沟壑

面包树炼糖厂飞虫叮咬的甘蔗渣的柔和气味……

大地我的母亲我懂得你披风挎剑的语言

我的弟兄戴着马嚼的逃亡奴隶

我的弟兄迈出围栏又走进激流

我的流星姐妹,我的碎玻璃弟兄

我的弟兄银盘上断头之血的亲吻

我的动物疫病姐妹和我的癫痫姐妹

我的飞鸢之友

我的烈火之友

我的每一滴血都在我血脉的管口爆发

还有我的弟兄手枪枪膛的火山

还有我的弟兄不长芭蕉藤蔓的悬崖

还有我的母亲浓烟与异端之草丛生的疯狂

脚是十字军与棍棒

手是雨季与决然

与枣树与混乱与阳光刺刀

  反抗者开始在想象的荆棘丛里行走、爬行、奔跑，赤身裸体的战士们一跃而起，远处敲响了达姆达姆鼓声。

女旁白

哦，无名群星的舞蹈……稀树草原生机勃勃……落雨生烟……不知名的手掌树木被闪电击中纷纷倒下

男旁白

她在说什么？她在说什么？

  这时反抗者又站起身。

反抗者

毛虫爬向软棉帽的旅店……大地的炉身熄灭

了……不错……但天空嚼着槟榔……哈,哈天空吮着匕首……哎唷,我在群星的芒刺上行走。我行走……我承担……我拥抱……

反抗者倒了下去,双臂张开,面朝地面,此时突然爆发出疯狂的达姆达姆鼓声,盖过了人声。

反抗者

我靠着火的护栏

云的呼喊于我也不足够

狂吠吧塔姆塔姆鼓

狂吠吧高门的看门狗

虚无的看门狗

狂吠吧疲乏的战争

狂吠吧盘蛇的心

狂吠吧蒸气房与护身符的丑闻

狂吠吧淋巴的暴怒

古老恐惧的主教会议

狂吠吧

断了桅杆的沉船

直至世纪与星辰统统卸任离职

男旁白

死了,他死了

女旁白

死在一丛芬芳的大青树①间

男旁白

死在蓬勃抽芽的剑麻间

女旁白

死在新鲜的葫芦瓢里

男旁白

死在盗取火种的途中,死在播撒香子兰的路上……

女旁白

舌头一卷咽下的秘密自血的钟楼传来。被附身的女人们举起皂香的手伸向沼泽四方伸向通红的心脏;全新的饥渴流动,水面包上落下破碎的月亮,个个都

---

① 大青树(clérodendre),学名 Clerodendrum,木兰纲唇形目马鞭草科下的一个属,主要分布于亚洲及非洲热带地区。

有戴着石头的额头。

男旁白

不显疲乏的眼线墨①空门麻木的氛围中奇迹般响起一声珍稀红木的冷笑。

一只抽动不止的罗盘死在荒原，

世界末日这碗牛奶

女旁白

森林里有女杀人犯们流窜发出泉水与河流的笑声

毫无征兆编织起致命旅途的丰满探险

死亡与创世任性流浪的血脉

在钻了孔的石底与岁月的黑夜里挥霍

空洞木乃伊的死亡笑声

男旁白

监视的高塔，崩塌吧

女旁白

复仇的高塔，崩塌吧，比话语更低矮

---

① 眼线墨（kohol），特指中东、北非用来画眼影的颜料。

男旁白

　　寄生植物、有毒植物、燃烧的植物、食人的植物、燎原的植物、真正的植物，请编织你们颗粒饱满出人意料的曲线

女旁白

亮光分解作一片片贪婪的光华金鱼货箱疲惫的果实
我为闪电击中的双唇上力量的河流

男旁白

狂欢，狂欢，圣水，雍容肉体的星辰，眩晕
诸岛啊水中人鱼双耳上新鲜的耳环
诸岛啊星星集市上落下的碎片

歌　队

幼虫蠢蠢而动，不值钱的护身符
诸岛
无言的土地
截断的岛屿

男旁白

我向你们走来

女旁白

我是你们之一，岛屿①

男女旁白左右摇晃轰然倒地，歌队后退着离开舞台。

舞台上隐约浮现晨光摇曳中洒满金银岛屿的蓝色加勒比海。

---

① 岛屿（iles），原文首字母大写。

后记：神话

警笛收回它们无用的胡须夜与深夜的红黄灯光在光天化日之下汇成一筛可食用的星。等待着不知哪群骟马和哪场丰收农庄没有燃烧。出人意料墙壁与屋顶的芋头地里不见火与丝绒的勤劳牲口，可彗星长发的词语里温柔的秘密已经燃起火星。雨中有一道道背脊存下风景的精华。更远处有风景在回廊推门与纹章的精妙游戏里与自己捉迷藏。这正是我的战利品——没有狗，没有祖母。不变的，是装饰框与画作里的游蛇时刻而高高在上统摄遗迹的是**缺席**[①]红蓝相间的恐怖。还有我们被玩偶的念头乌鸦翅膀的复仇者蛊惑的眼睛。男人？身处骇人的假期。女人？没有纤绳。没有指环。划船工？驾车人？牲口也不嘶鸣。便让摩天大楼像逆时的游鱼编织空间的错误谱系。他们的眼上满是苦楝不留轨迹没有缠腰布的黑人会用手和等待向您

[①] 缺席（Absence），原文首字母大写。

做出合谋的马缨丹手势。判决落在何处?有种可怖的空闲在城里盘踞威胁。与此同时嫡长的土地却在牵牛花庄严的子宫里漫不经心地打着哈欠。

死囚之歌

(译后记)

埃梅·塞泽尔是诉说不可言说之人。

但不是通过还原人的本质,剥离他的社会属性,直面个体的存在——这确实是一种途径。塞泽尔所做的并非如此,他像一头满心愤怒的野兽,在存在、词语的网里撕咬,要从这细密的网里扯开裂口,获得呼吸的权利。所以他是入世而非超脱的,他的笔下没有遗世独立的豁然,所以他是暴烈而非典雅的,他的笔下没有凝固时间的永恒。

我们不应批判死囚的歌声不够优雅——毋宁说,正是在濒死的状态里,他的作品无可比拟地贴近生命本身,几乎等同于生命本身的嘶吼。他让我们看到了对不可言说的另一种抵抗,它无法脱离生存的迫切,因为它在生存的每一刻都感受着威胁;它无法超越社会的结构,因为它正被自身所处的社会遮蔽、覆盖。它是在社会、文化、政治的多重维度里对一个亟待诞生的无名自我的追寻。

《神奇的武器》是一部独特的作品：这是一个法国前殖民地马提尼克岛作家面对近四百年奴隶贸易与殖民压迫所进行的创作，它表现出无可否认的介入性；但这也是二十世纪上半叶，一个说法语的非裔诗人、剧作家在先锋文学、非洲传统与美洲经验交汇下的文学实践，它因而体现出独特的诗学追求。哪怕从体裁上看，《神奇的武器》也难以归类。它的主体是诗，却又包含一部剧作《而狗沉默》。后者虽被塞泽尔本人称作"悲剧"，却更像用诗歌语言写成的对话，没有明确的事件，只有高度象征的人物与近乎呓语的独白。

该如何理解这样一部作品？所能写下的似乎永远只是走进这个世界的一条通路。入口还有很多——对所有伟大的作品而言莫不如是。

"身体–世界"与非人的"我"

"灵魂拒绝构想一个没有躯体的灵魂。"(O espírito recusa-se a conceber o espírito sem o corpo.) 这是巴西现代主义之父奥斯瓦尔德·德·安德拉德在《食人主义宣言》里说的话。他似乎与同样身处美洲境遇的塞泽尔产生了共鸣。塞泽尔通过文本寻找的绝不是一个脱离躯体的自我——实际上，回顾加勒比海地区法语文学，自我往往首先通过躯体而非灵魂（如果我们确实要将两者分开的话）表现出来。法属圭亚那诗人达马斯在禁锢自我的文化束缚面前本能地"反呕"（hoquet）。这种被异质"食粮"填满的消化不良在以塞泽尔、达马斯与桑戈尔为代表的"黑人精神"（Négritude）运动作家作品里随处可见。它是自我对外部强加的文化与身份的一种生理性反胃，被压抑的情感与冲动仿佛一阵呃逆，随时准备将所有外来填鸭式的内容倾吐而出。

美洲作家与知识分子在追寻自我的过程中没有忘记身体。莎士比亚的剧作《暴风雨》，尽管设定在地中海的无名荒岛，却在不断被改写与引用的过程中成为新大陆殖民史的寓言。遭遇海难、以魔法统治荒岛的米兰公爵普洛斯帕罗（Prospero）[①]固然是殖民"主人"的经典形象，可谁能代表新大陆的居民？在美洲作家——尤其是加勒比海地区及拉丁美洲作家对自我身份的不懈探寻中，"爱丽儿-卡列班"（Ariel-Caliban）构成了鲜明对照。丑陋野蛮的奴隶卡列班是无

[①] 本文中关于莎士比亚《暴风雨》的内容均参考朱生豪的译文（莎士比亚：《暴风雨》，朱生豪译，南京：译林出版社，2018年）。

形温顺的精灵爱丽儿的反面。但正是这个未开化的、身体的、被奴役的卡列班，成为包括塞泽尔在内法语、西班牙语作家共同体认的对象。古巴诗人、作家罗贝托·费尔南德斯·雷塔马尔（Roberto Fernández Retamar）在1971年发表的文章《卡列班》中说，1969年，三位不同语种的加勒比海地区作家不约而同又满怀自豪地将"卡列班"视为"我们的象征"[1]；一些学者甚至将二十世纪末加勒比海地区作家的这股倾向命名为"卡列班流派"（School of Caliban）[2]。正如雷塔马尔所说，卡列班（Caliban）由莎士比亚对"食人"（cannibal）一词异序排列而来，本就是对根深蒂固的"食人土著"形象的影射。它被视为野蛮、落后的象征，不仅因为"同类相食"是未开化的可怖行径，也因为进食行为是人类需求中最基础的一种，是与精神追求相对的原始部分。呼唤卡列班，既是对被构建形象的刻意挪用，也是对被贬低的身体的关注。

具体到《神奇的武器》中，自我首先是一种具身经验——它的思想、情感与身体感觉、肉体记忆密不

---

[1] Roberto Fernández Retamar, «Caliban», in *Caliban And Other Essays*, Minneapolis: University of Minnesota Press, 1989, p. 13.
[2] 参见 Lydie Moudileno, «Héritage de Caliban: Fantaisies de nomination et dérivés du nom», *Francofonia*, 2011, no. 61, pp. 141—150。

可分。于是我们看到诗人笔下这番奇异的景象：

> 我遭啃噬的脑袋被我的身体吞下。
> 我的眼睛直直落入
> 这不再被看而观望四周的物体中。(《纯血者》)

主动的、食人的身体吞下了诗人"笨拙地摇晃"的大脑，代表意识的"观看"行为自此由身体完成——它代替头脑成为知觉的主体，它的体验也构成自我的源头。但塞泽尔作品中的躯体还有它的独特之处。它不是封闭的整体，而是碎片化的。字里行间只有手脚、肩膀、膝盖，张开的眼睛、鼻子、耳朵，被剖开的大脑、跳动的脉搏与奔流的血液。这些器官与机能仿佛各自有了独立的生命，有自己的力量、自己的动作。也正因如此，塞泽尔创造的躯体是开放的：它不仅存在于空间之中，更有甚者，四肢百骸、身体发肤竟都与万物融为一体，消融在世界，又将世界纳入其中。"我"的眼睛变作果瓤(《绝勿同情》)，"我"的声带变作花瓣(《黎明之征》)，"我"的身体是卵石吃掉鱼群、鸽子和睡眠(《太阳长蛇》)。可这世界并不比"我"的身躯更广大，因为游蛇、垛堞不过是"我"的血管、鲜血(《巴图克》)，"日子"与"河湾"

都在"我"发咸的胸膛(《往见》),而原始森林与稀树草原的呼唤都从"我"阿留申的双眼中喷涌而出(《原始森林》)……

最终,诗人在《纯血者》中高喊:"我是火,我是海。/ 世界分崩离析。而我便是世界"。万物借"我"长出肢体,而"我"也分享世界的感官。"大地在如纱的薄雾下呼吸",舒展它黏连的肩膀与血管(《纯血者》);生活长出血肉,其中流过毒蛇酸液的激情(《绝勿同情》);"手指丰腴的河流"在"石间长发"里寻找一千面月亮的旋镜(《夜之达姆达姆鼓》)。这是独特的物我关系:它不以精神、情感为主要媒介,而通过身体感官,由共同的冷热、颤动、饥饿、疼痛沟通个体与世界。它既不全然主动、也不全然被动,不是内在感受向外部事物的纯粹投射,也不是主观视角对客观世界的完全扭曲,而是内外、主客关系的模糊与重构。在《神奇的武器》里,我们看不到一个完整而独立的自我,面对一个完整而独立的世界,一切都在无尽的动荡中彼此渗透、彼此融合。或许对此最恰当的表述,便是"被附身"(en transe)、"被捕捉"(être saisi)的状态,这是塞泽尔在非洲及加勒比地区文化传统以及德国人类学家列奥·弗罗贝尼乌斯的论述基础上的概括,指主动放弃对自我的掌控,并由此顺应世界，以致超越自我、革新世界的过程。

　　身体的经验与世界的经验一体两面，构成了塞泽尔作品中"身体-世界"的运行机制。这个机制塑造出一个非人的"我"——既低于人又高于人。一方面，塞泽尔似乎在刻意强调它原始、本能的一面——这具"身体-世界"为生的欲望所驱使，只知用"野兽的臂膀"击打（《神话》），发出"撕咬"和"哀鸣"（《预言》）。甚至连它的样貌都表现出某种动物特征，脸不再是脸，而是野兽的鼻吻（gueule）。这当然是对种族主义不乏幽默的反讽。诗人说起他"下颌凸出的笑声"，提起他"三百年来残缺的灵长类嘴脸"，就像他在《还乡笔记》中高声赞扬他"帕胡因人骇然跃起的丑陋"，都揭露了对黑人的歧视性描述。但与此同时，这种动物性也包含了一种肉体记忆，无论挣扎、击打、呼号，都是面临生存绝境的求生本能。塞泽尔的诗歌中充斥着各式各样的暴力与死亡，海难与满是沉船的海洋、火山爆发与地震侵袭、鞭打受刑与血淋淋的伤口……我们不难看出这些意象的历史隐喻，它们背后有黑奴贸易拥挤货仓里黑人的经历，有包括马提尼克岛在内的安的列斯群岛居民的经历，有到达新世界的劳力在种植园里被当做奴隶的经历。当诗人写到凝滞的大海中"我们嘶哑的喘息交织"，当他写到海难中那些"拍打新鲜空气"的"头颅"、"拍打太阳"的手掌与"拍打土地"的"声音的赤脚",他通过身体经验唤起的是奴隶船舱内被当作货物的祖先所感受到的痛苦与窒息。由此,身体的经验超越个体,成为集体记忆的载体。甚至,在此意义上,它成为对历史记述的补全,不仅因为在法属安的列斯群岛的历史档案里,非裔黑奴的第一人称见证相较英语是缺乏的——甚至可以说几乎是空白,更因为这种极端创伤的体验,恰恰是历史无法充分传递的,它需要以某种方式被补全。身体的途径,便是塞泽尔所找到的途径。

但另一方面,塞泽尔又赋予了这个"身体-世界"超人的力量。因为在与世界合一的过程中,身体也融合了世界的能量。"我""过短的臂膀借火焰伸长"(《彼岸》);当"大地割下太阳的头皮",我便也如森林一般有了"燃木冒烟的眼睛"(《伟大的正午》)。自我的革新和世界的革新同时完成,或者说自我的革新正是通过世界的毁灭和重构而完成。塞泽尔的作品无时无刻不在呼唤着一场即将开始又尚未到来的末日,好让新的生命与世界从腐朽之躯里蜕壳、重生。在一次又一次暴力与死亡之后,身体与世界同时迎来新生。"嫡长的土地"在牵牛花的子宫里默默等待;"我们"也不断走向"源泉之夜浆液浓稠的腹膜"。正如塞泽尔在《预言》一诗的末尾写道：

浓烟骤起化作野马冲向台前用它脆弱的孔雀尾羽在熔岩边缘逡巡片刻随即撕裂衣衫一瞬敞开胸膛而我看着它化成不列颠群岛化作小岛化作碎石一点点融化在空气清明的海中
其中沉浸着预示未来的
我的嘴脸
  我的反抗
    我的名。

如果说这一切在诗作中还稍显晦涩，那《而狗沉默》就好像是注解，无比清晰地将这些主题的社会维度展现在读者面前。也难怪塞泽尔会说戏剧是接触大众、"唤醒大众意识的最佳途径"[1]。剧作的主人公，一位起义失败、身陷囹圄的奴隶，面对恋人与母亲的温情、狱卒的恐吓，毅然走向死亡。这个并不复杂的故事却浓缩了作家的所有关切：欧洲殖

---

[1] 引自 Roger Toumson, «Aimé Césaire dramaturge: le théâtre comme nécessité», *Cahiers de l'Association internationale des études françaises*, 1994, n°4, p. 223。

民者在非洲的劫掠、黑人奴隶在新世界的反抗与退败、殖民政策与文化同化的威胁、理性主义主导的现代社会与传统文明的碰撞……但塞泽尔在创作这部剧作时，依然使用了诗歌的语言。是语言的统一而非体裁的统一，为《神奇的武器》这部构成奇特的作品提供了依据。

作为武器的语言

"神奇的武器"并不总带来好的想象。二战中，纳粹德国曾经提出"奇迹武器"（Wunderaffe）的概念，用以宣扬威力巨大的超级兵器。但对于一个身处弱势文化、势单力薄的作家来说，对于一个时代洪流面前一无所有的个体而言，这"神奇的武器"却只有语言。在此，塞泽尔重拾文字与兵器的古老比喻，一如他笔下监狱里等待死亡的反抗者，面对强于自己数倍的敌人，决然地高喊："我会用天空，用鹦鹉鸟儿，用钟楼，用方巾，用鼓，用轻烟，用狂怒的温柔，用古铜色调，用珍珠质地，用周日，用嘈杂舞场，用童言稚语，用恋人爱语 / 用孩童半指手套的爱 / 造一个世界我们的世界。"

翻译《还乡笔记》时，我曾将塞泽尔的创作风格称为"火山之诗"。因为它有火山爆发般磅礴喷涌的意象，又有熔岩奔流般摧枯拉朽的节奏。可以说，《神奇的武器》表现出相同的语言特色。无论诗作、剧作，我们很难不为那丰富奇异乃至光怪陆离的画面所吸引。一位领主"以欲望的纯金速度沿一条条神经元道路穿过他的采地"；"缺水短眠的围城里"歌声成为"临时流通的货币"（《神奇的武器》）；而美则是"一张脸庞被闪电击中的门上一道微笑的破烂招贴画"（《而狗沉默》）。本书最早于1946年在伽利玛出版社出版，这一时期，塞泽尔结束了巴黎的留学岁月，与夫人回到故乡马提尼克任教。第二次世界大战让这座加勒比小岛陷入经济文化的双重封锁，同时，塞泽尔与逃离法国的安德烈·布勒东相遇，开始有意识地在创作中融入超现实主义元素。这些经历都在塞泽尔的语言上留下了痕迹。评论家总对塞泽尔与超现实主义的关系津津乐道。应该说，本书创作于塞泽尔受超现实主义影响最深的时期，书中不少段落似乎也都带有自动写作的特征。但塞泽尔终究不同于超现实主义者。首先，他看起来一蹴而就的文字其实经历过多次修改、增删。

如前所言，《神奇的武器》由诗作集与剧作《而狗沉默》两部分组成。诗集收录的作品中，一部分由诗人1941年至1945年间在故乡马提尼克创办的《热带》(Les Tropiques)杂志上发表的作品修改而来。1956年，剧作《而狗沉默》经修改后在非洲存在(Présence africaine)出版社单独出版。1971年，伽利玛出版社对《神奇的武器》进行再版，塞泽尔借此机会又对诗文进行了不同程度的删改。1976年，安的列斯群岛本土出版社德索尔莫(Desormeaux)首次出版了三卷本的塞泽尔《作品全集》(Œuvres complètes)，诗人再次对《神奇的武器》的内容做出调整。1994年，法国瑟伊(Seuil)出版社汇集塞泽尔的主要诗集与诗作，以《埃梅·塞泽尔诗歌作品》(La Poésie)为题出版，对于《神奇的武器》，正文刊录了1971年版本，并将《热带》杂志、1946年版与1976年版的修订以注释形式标注在书后。1971年版是如今《神奇的武器》一书流传最广的版本。他以塞泽尔年轻时的创作为底本，又融入了诗人在二战后历经去殖民运动与政坛洗礼后的新思考。本书所参照的也是1971年的伽利玛出版社发表的版本。

除去单词与标点修改，不同版本之间最常见的改动有两类。其一是删减。塞泽尔常常大刀阔斧地对诗作或剧作段落进行整体删除。如《纯血者》一诗首先在《热带》杂志发表，1971年版在"火，哦火"与

"大地的烟尘"两行后各删去了十二行与二十四行诗句。其二是拆分。部分诗作被一分为二并重新命名。如《残骸》一诗，便是由1946年版里《黎明之征》的结尾部分拆分而形成的独立诗歌。

这是塞泽尔创作的特有现象：他往往会在新版本里进行大量调换、删改。对塞泽尔来说，似乎诗节之间是可以替换的，理解它们的关键不在于单个意象，甚至是几行句子本身的含义，而在于这一系列词组成的网络，在于它们所营造的整体感觉。这并不是说，单个意象对段落而言无足轻重，而是说，任何词句在进入文本网络的瞬间就被其他词语捕获，必须在这个即刻的语境中获得它不同于词典的独特含义，而它的价值便在于将自己携带的意蕴加入到既有的网络之中，从某个角度丰富或拓宽整体的内涵。

故而，塞泽尔对词的选择也并非完全随机。这一点在塞泽尔与其德语译者之一杨海因茨·雅恩（Janheinz Jahn）的交流中体现得最为明显。二人共同准备诗人德语诗歌选集的过程中，曾就包括《神奇的武器》在内的多部诗集进行讨论。对其中一些段落，塞泽尔也在1956年7月23日给雅恩的回信中坦言："［这些文本］是自动书写的文本，写于一个我受法国超现实主义影响的时期，十年之后，我已经无法说明当时这些概念是如何被联系在一起的。"[1] 但更多时候，他却能明确给出词语的来源、用意与解读。他会告诉译者"海浪"意味着昭告新世界来临的宝藏，而诸如"scrupule"一词不应从它的常用意上作"谨小慎微"的理解，而要回归拉丁词源 scrupulus（小石块），以此指代泥土中埋藏的微小事物。《神奇的武器》中，同样有不少这样的考量，为了给读者提供更多阐释的可能，我最终选择以注释的方式对一些意象的文化内涵加以说明。

最终，在句法层面，为了打破法语的限制，获得最大的自由，塞泽尔也做了许多努力。一个突出的例证是作家对法语介词 de 的使用。在连接各色词语时，塞泽尔很少使用喻词——他要做的不是在种种事物之间构成明喻或暗喻关系。相反，他偏爱介词 de，以在最大程度上保持不同名词之间关联的模糊性。因为 de 在法语里的用意非常丰富，可以提示两个名词之间的从属、限定关系，也可以表示一方为另一方的途径、成因、由来等。有时，我们可以根据 de 后名词前冠词的有无，勉强猜测诗人所指是从属还是修饰，但更

---

[1] 引自 Ernstpeter Ruhe, *Une œuvre mobile: Aimé Césaire dans les pays germanophones (1950—2015)*, Königshausen & Neumann, 2015, p. 67。

多时候，这种关系被作者刻意模糊。汉语中，或可用"的"字代替，或是借助词语并置加以规避。但这终究也只是勉强解决问题。因为法语语序与中文相反，法语"de"的结构让塞泽尔可以无限延长句子，丰富意象；而译文却往往不得不不断将这些成分前置，失去了句子的开放性与逻辑联系。

我想，在这些现象背后，最深层的问题，也是将塞泽尔与超现实主义者区分开来的最根本问题在于，他不仅是在作为作家的个体层面上拿起语言的武器进行反抗，也是带着明确的、群体的文化诉求进行反抗的。甚至连法语本身，都是他反抗的对象（尽管他没有表达出二十世纪后半叶诗人、作家那种鲜明的语言困境）。因为作为殖民者的语言，法语虽然拥有丰富的遗产，却并不与塞泽尔所处的群体经历天然配适，甚至在某种意义上成为这种压迫秩序的帮凶。塞泽尔以"扭曲法语"(infléchir le français)[1]为目的，要让"法语为黑人的才华服务"(plier le français au génie noir)[2]，这一诉求和意图，是独属于以他为代表的黑

---

[1] «Entretien avec Aimé Césaire par Jacqueline Leiner», *Tropiques (1941—1945)*, Op. cit., p. XIV.
[2] Propos recueillis par François Beloux, «Aimé Césaire: un poète politique»［En ligne］, *Magazine littéraire,* 1969, n°34. https://www.madinin-art.net/un-poete-politique-aime-cesaire/, consulté le 20 novembre 2022.

人作家的。在翻译层面,这一立场也带来连锁反应:译文里,是应该效仿塞泽尔在法语中的尝试,也去打破中文的藩篱?还是通过中文重现塞泽尔打破法语桎梏、创造全新语言的过程?我想我的选择是后者,但我将最终效果交由读者评判。

2023 年 12 月 14 日,于南京